鉄道落語

東西の噺家4人によるニューウェーブ宣言

古今亭駒次
Kokontei Komaji
柳家小ゑん
Yanagiya Koen
桂しん吉
Katsura Shinkichi
桂梅團治
Katsura Umedanji

交通新聞社新書 052

鉄道落語宣言

古今亭駒次

高校3年の時、文化祭でさだまさしの「関白宣言」を歌いました。忘れたい思い出のひとつです。それ以来、人前で何かを宣言するのは頑なに避けてきましたが、鉄道落語発展のため、傷口をえぐるような気持ちで高らかに宣言したいと思います。

宣言。

我々は、鉄道落語という新たなるジャンルを創始し、愛する鉄道のため、落語のため、「そんなものいったい誰が聞くんだ」という声なき声や、「わしゃ汽車には乗らんからよう分からん」といったつぶやきや、「落語と鉄道をくっつけるなんてサイテー」なんて言い草、はたまた時刻表、種別、車両の形式、その他専門用語の間違いを指摘する鉄道ファンの怒号にもめげず、生涯鉄道落語を創り続けることを宣言する！

何年か前、寄席で『鉄道戦国絵巻』を演《や》ったあと、お客さんが楽屋を訪ねてきました。ものすごく怒っています。

「君は鉄道が好きだ好きだと言っているが、あんなに初歩的なことも分からないのか」

私ごときの知識では到底上級者にはかないません。

「すみません。私の言ったことが間違っておりましたでしょうか？」

丁寧に尋ねると、

「電車が喋るわけないだろ！」


鉄道落語を演っていると、こういうことがよくあります。お客さんそれぞれが鉄道に対して思い入れがあって、どうやらそれを刺激するらしいのです。よほどの山奥へ行かない限り、皆、郷愁を持っていて、「あれに乗って学校へ通ったんだよ。かわいい女の子がいてさあ。云々《うんぬん》」（宮城県出身、58歳・男性）とか、「うちの電車、ボロくて困りますよー。あははは」（静岡県出身、34歳・男性）、なんだか嬉しそうな人もいます。乗らないけれど「畑仕事しててなあ、汽笛が聞こえると昼飯だべ」（新潟県出身、89歳・性別不明）と、時計代わりにしている人もいます。意識せずとも鉄道は大事な日常のひとつなのです。

こりゃ落語じゃないか、と思いました。市井《しせい》の人々の暮らしを描く落語には、鉄道はぴったりの題材だと。もっと鉄道落語があってもいいじゃないか！

そうしてせっせと創り始めました。すると、ひとりでやっていると思っていた鉄道落語に、先達がいるではありませんか。それがこの3人です。

どなたも、落語はもちろん、鉄道の世界でもつわものです。

柳家小ゑん《やなぎやこえ》師匠は、中でも機械関係に詳しく、鉄道に留まらず、星、電気、秋葉原、カメラ、熱帯魚など、広く深い知識をお持ちです。（仲人《なこうど》の口調で）楽屋でその一端を聞かせてくださいます。マニアックな話に小ネタを織り交ぜながら笑わせてくれるので、時々お客さんの気分になって木戸銭を払いそうになります。

桂梅團治《かつらうめだんじ》師匠は撮り鉄です。作品を集めた本まで出しており、初めてお会いしたのは鉄道好きな落語家の会でした。（新郎新婦馴れ初めの口調で）撮影の合間の出演だったため、現れたと思ったら、落語を演ってすぐに帰っていきました。楽屋ではネタ帳を見ずに時刻表を見ていました。

桂しん吉《きち》兄さんは乗り鉄ですが、一眼レフを手に入れた途端、撮り鉄に寝返り、あっという間にプロ級の腕前になりました。（上司挨拶の口調で）あと、大阪の仕事をくれたので感謝をしています（またお願いします）。

そういう私は乗り鉄です。ただぼんやり車窓を眺めているのが好きです。写真を小さなシールにして貼り付けた旅ノートを作っていて、それを後々ひとりで読むのが何よりの楽しみです。（お見合いで必ず断られる人の口調で）

現在、鉄道落語に積極的に取り組んでいるのは、以上の4人です。収録されている作品を見ていただければ分かりますが、その作風はバラバラ。同じ鉄道ファンといっても、これだけ趣味が違うのだから当たり前でしょう。さらには落語家としての立場も強く影響しています。

まず大阪と東京。これはお客さんの違いを意味します。落語家は大阪と東京にしかいません。それぞれどちらかを拠点にして活動しています。平たく言えば（限りなく平たくですが）、大阪のお客さんはとにかく笑わせてくれ、東京は噺《はなし》の雰囲気を味わわせてくれ、という感じでしょうか。普段どちらのお客さんの前で演っているかで、どんな落語になるかは自ずと決まってきます。

さらに古典派か新作派か。鉄道落語は新作落語（大阪では創作落語）です。新作落語は現代を舞台にしており、たいていの場合、演者自らが創ります。東京の2人が新作派なのに対して、上方の2人は古典派です。つまり鉄道落語以外は古典落語を演っているわけです。そのため噺の組み立て方にもどことなく古典の匂いがします。

そして何より大きいのが、創った当人が演じるということでしょう。古典落語はもともとある噺を、登場人物の気持ちを考えながら、深く掘り下げて演じます。ですから演者は演出家でもあるわけです。一方、新作落語はそこに噺を創るという作業が追加されます。創りながら演出をし、それを演じる。よくドラマの脚本で「あの俳優のために書きました」というものがありますが、新作落語はまさにそれです。自分が演じる姿を思い浮かべながら落語を書く。もちろんあまり意識をしすぎると、噺に広がりがなくなってしまいますので気をつけなくてはいけませんが。鉄道落語の場合、そこに鉄道への思い入れが加味されますから、噺と演者を切り離すことのできない濃密な関係が生まれるのです。

ありがたいことに、鉄道はネタの宝庫です。小学生の頃、毎週上板橋《かみいたばし》に住む祖母の家に通っていました。京王《けいおう》線、山手《やまて》線、東武東上《とうじょう》線を乗り継いで行くのですが、中でも東上線が好きでした。当時の東武はファンキーで、運転士さんの片手運転は当たり前。帽子をななめにかぶり、軍手に運動靴。しかも片足を機械にのっけて運転していました。京王線で育った世間知らずの私には、見てはいけないものを見てしまったような妙な興奮がありました。「あんな風になりたい」と思いましたが、なぜか親には言わない方がいいなと感じたことを覚えています。その後、東武伊勢崎《いせさき》線の東向島《ひがしむこうじま》にある「東武博物館」に行くと、シミュレーターに座っている子どもたちが全員その形で運転をしていました。「ああ、ぼくは変な子じゃなかったんだ」と安心したものです。旅先でも色々なことがあります。私は鉄道の旅をする時、なるべく車内に溶け込もうとします。旅ノートをつけているのでそれだけで異物感丸出しですが（寄席の客席でメモをとっている人のことを言えないじゃないか！）。すると地元の人たちの会話が自然に耳に飛び込んできます。

飯山《いいやま》線で85歳ぐらいのおばあさんが2人向かい合って座っていました。片方が綺麗な着物をジャケットに仕立て直して着ています。

「これいいずら？」

「素敵だぁ。和と洋のコラボレーションだ」

フラワー長井《ながい》線で沿線の高校に通う丸刈りの男の子がシャンプー談議。

「おめ、シャンプー何使ってる？」

「おら、パンテーン」

「パンテーンじゃうるおいが足りないずぅ」

「そういうおめは何使ってんだよ」

「ハーバルエッセンス」

車窓の風景とあいまって、なんとも言えない味わいがあります（方言がいい加減なことをお詫びいたします）。

私は車両や機械そのものよりも路線が持つ空気を感じながら乗るのが好きなので、落語にもなんとかそれが出るようにしたいと思っています。

さて、これからいよいよ読んでいただくわけですが、普段の落語とは勝手が違います。いつもは我々が演じていますが、今日は皆さんが読みながら頭の中で演じていくわけです。この人はどんな風に喋っているのかな、こんな気持ちなんだろう、自分ならこの言葉はちょっとためらいがちに言うな、などと想像しながら読んでみてください。もちろん声に出しても構いません（電車の中ではやめた方がいいと思います）。

この本によって、皆さんが少しでも落語や鉄道に興味を持ってくだされば、と思っています。興味を持った方は、ぜひ寄席に足を運んでください。落語のあとは、皆さんの鉄道への思いを聞かせてください。そしてご祝儀をください（嘘です）。落語や鉄道が好きな方は大変に奥ゆかしいので、「陰ながら応援してます」とおっしゃいます。皆さん、陰ながらではなく表立って応援してください。皆さんの応援が鉄道落語の道標《みちしるべ》になるのです。輝く太陽の下、一緒に鉄道落語を盛り上げようではありませんか！
それでは鉄道落語の発展を願って、鉄道三本締めでいきたいと思います。
お手を拝借！
ヨーオッ
　シャシャンシャシャン
　シャシャンシャシャン
　シャシャンシャシャン。
ありがとうございました。

鉄道落語——目次

1両目

古今亭駒次

昭和53年（1978）、東京都渋谷区生まれ
玉川大学卒
平成15年（2003）、古今亭志ん駒に入門
平成19年、二ツ目昇進

ここんていこまじ——折り目正しい古典を演じる一方で、早くから新作落語に取り組み、ノーブルな顔に似合わず、パワフルなストーリーを作るのも魅力。もはやライフワークとも言える鉄道落語は、様々な方向性でその世界観を広げている。またいくつもの若手仲間や自身の会を定期的に続け、自主落語会にも熱心。学生時代は吹奏楽のホルン奏者という経歴も持つ。

鉄道戦国絵巻

まず皆さんにご注意がございます。この話にはですね、大変にたくさんの鉄道の名前が出てきます。しかも東急《とうきゅう》電鉄を中心に出てきますから、東急電鉄をまるっきり知らないという方は、楽しめないかもしれない……。そんなことはないと思いますけど……。

× × × × × × × × × ×

「社長、大変です」

「どうした」

「＊1東横《とうよこ》線が、わが東急を脱退し、ＪＲに寝返りました」

「なんじゃと？　おのれ東横線め、ついにやりおったか」

「社長、これはわが社にとって大きな痛手です。東横線は沿線に多くの人気タウンを抱えておりました。渋谷、＊2代官山、＊3中目黒、＊4自由が丘、＊5田園調布、そして＊6横浜と。これらを一挙に失ったのは大きな痛手です」

「じゃがのう、こちらに残されたものでも、何とか太刀打ちできんものか」

「いえ、それは無理かと存じます。我々に残されたものと言えば、＊7五反田《ごたんだ》、＊8蒲田《かまた》、＊9大井《おおい》町《まち》、そして、＊10戸越銀座《とごしぎんざ》ぐらいのものでございます」

「それでは到底太刀打ちができん。分かった。皆の者を集めるのじゃ」

「ははあ」

「おのれ東横線め。いつかは裏切ると思っておったが。やはり２００４年のあの時じゃ。わしの反対を押し切り、＊11高島町《たかしまちょう》、桜木町《さくらぎちょう》を無残にも切り捨て、秘密のうちにみなとみらい線と手を結んでおった。やはりあの時に何か策を講じておれば。おのれ、東横線め」

「社長、お待たせいたしました。わが社の精鋭、東急7人衆、ただいま参上にございます」

「うむ、ご苦労であった。田園都市線[*12]」

「ははあ」

「大井町線[*13]」

「はは」

「池上《いけがみ》線[*14]」

「はは」

「目黒線[*15]」

「はい」

「多摩川線[*16]」

「はい」

「世田谷線[*17]」

「以上」

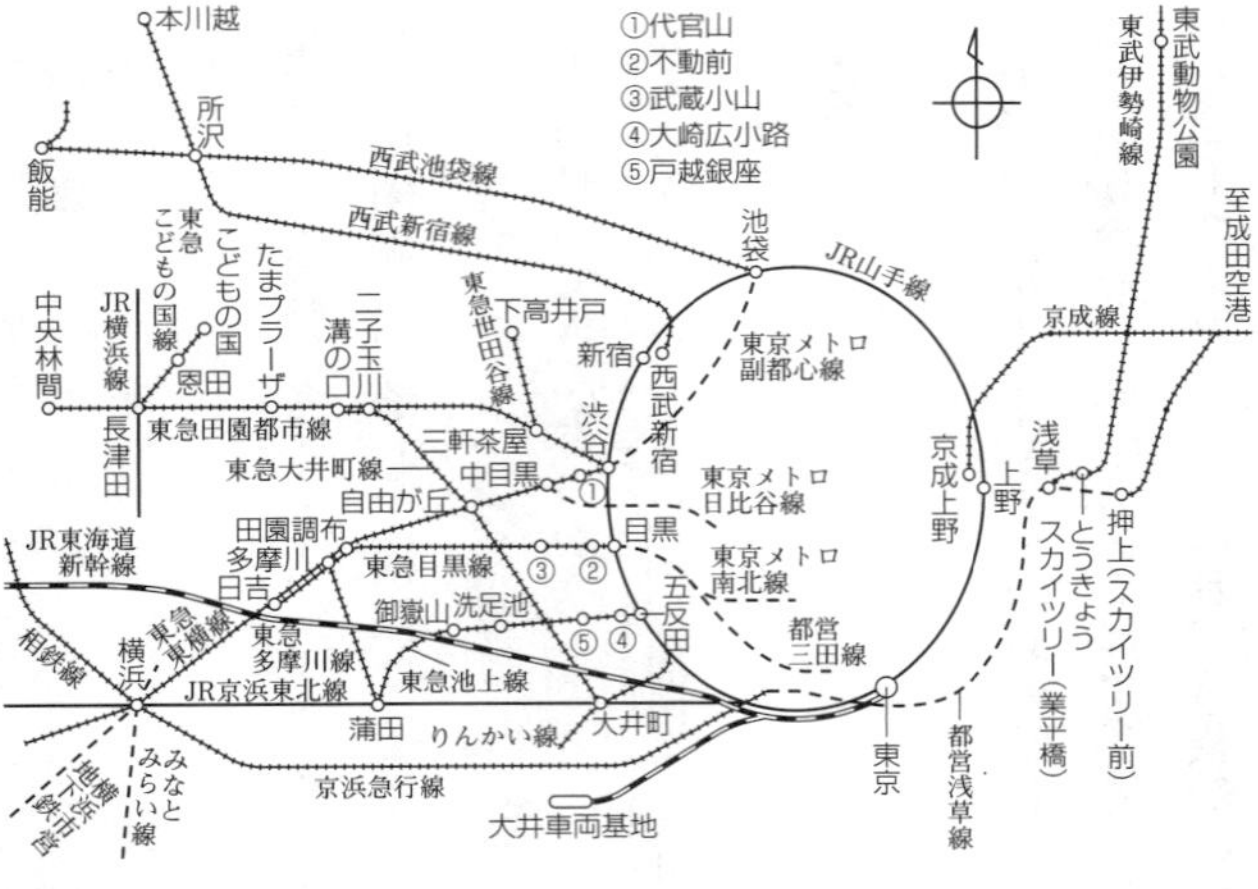

「社長。拙者《せっしゃ》をお忘れではございませんか。拙者、こどもの国線[18]にございます」

「おお、お前は駅が3つしかないから忘れておった。皆の者、ただいまより、JR東横連合軍との全面戦争に突入する。心して戦ってもらいたい」

「ですが社長、私はうれしゅうございます」

「池上線、どうかしたのか？」

「にっくき東横線に仇《かたき》を討つことができるかと思うと、うれしゅうて」

「何かあったのか？」

「東横線の奴、ことあるごとにいちゃもんをつけてまいりました。どうしてお前は今どき3両編成[19]なのだとか、五反田[20]とその次の大崎広小路《おおさきひろこうじ》の距離が短すぎるとか、洗足池《せんぞくいけ》[21]の駅は、花見の時期しか客がいないとか、私はくやしゅうてくやしゅうて」

「おのれ、そんなことを言っておったのか」

「社長、拙者もです」

「田園都市線、お前もか」

「私はこの名前をからかわれておりました。田園都市線とは、いかにも田舎を走っていると公言しているようなもんじゃないか。そんなにダサい名前で俺の渋谷に入ってくるなと、そんなことを言われておりました。ですからついこの間まで、二子玉川《ふたこたまがわ》と渋谷の間を、新玉川線*22という偽名で走っておりました」

「おのれ。皆の者、その悔しさをバネに一生懸命戦ってもらいたい」

「ははあ」

「とは言ったものの、JRと組まれた今、我々だけでは到底太刀打ちできん。誰か助太刀《すけだち》に来てくれるとよいのだが」

「東急殿――！　助太刀いたす」

「拙者もじゃ！」

「おお、ご両人、よくぞ来てくだされた。さあさ、こちらへ」

「お待たせいたした。西武新宿線*23、ただいま参上」

「ならびに京成線*24《けいせいせん》、ただいま見参」

「心強い限りでござる。じゃがのう、お2人とも、なぜJRに立ち向かおうと思われたので？」

「我々どちらも、JRの駅からはるかかなたへ追いやられておりまする。こちらの京成線殿は、西郷殿[*25]に頭を踏みつけられておりまするし、私などは、いまだに靖国通り[*26]を越えることができませぬ」

「その気持ち、痛いほど分かりますぞ。じゃがのう、西武新宿線殿、そなたの兄上の姿が見えないようじゃが」

「東急殿、情けのうございます。わが兄西武池袋線は、私も気づかぬうちに、副都心線[*27]を通じて東横線と密通しておりました！」

「なんじゃと？　おのれ、西武池袋線までもが。ここで神奈川と埼玉が結ばれてみろ、わが東急の本拠地大田区[*28]がますますさびれてしまうではないか。分かった、すぐに作戦会議を開こう。集まってくだされ。まず京成線殿。そなたはこれからすぐに、浅草の駅に飛んでもらいたい。そして、東武伊勢崎線殿に援軍を頼んでもらいたい。それからもうひとつ。京浜急行殿がまだどちらにも名乗りをあげておりませぬ。浅草線[*29]を通じて、応援を頼んでもらいたい」

「行ってまいります」

「つづいて西武新宿線殿。そなたを兄弟で争わせるのは酷なことじゃがのう。そなたの兄上の所沢《ところざわ》からの侵入、なんとしても食い止めてもらいたい」[*30]

「お安い御用です」

「つづいて目黒線と多摩川線、そなたたちは東横線の田園調布の駅と多摩川の駅を攻撃するのじゃ。そして東横線を分断しその隙に、南北統一を果たすのじゃ」[*31]

「ということは社長、私たち姉妹にもう一度、目蒲《めかま》線に戻ることを許してくださるので？」[*32]

「そうじゃ」

「ありがたいお言葉にございます。生きながらにして別れた、武蔵小山《むさしこやま》や不動前《ふどうまえ》と再び会えるとは。行ってまいります」

「つづいて田園都市線。そなたは渋谷駅の地下から東横線に揺さぶりをかけるのじゃ。そしてその混乱に乗じて、東横のれん街を奪うのじゃ」[*33]

「ははあ」

「それからこどもの国線と世田谷線を連れていけ」

「いやです。足手まといです」

「余計なことを言うな。それから大井町線。大井町線、どこに行った？」

「社長、大変です。大井町線が、逃げ出しました」

「なに。あの臆病者めが。あいつには[*34]大井車両基地において、新幹線を襲撃させようと思っておったのに。どうしたらよいのじゃ」

「社長、私がおります」

「池上線か。その気持ちはありがたいがな、お前のような電車には、このような重要な任務は無理じゃ。もっと簡単な任務を……いや、お前にしかできんことがあるのじゃ」

「私にしかできないこと」

「そうじゃ。よく考えろ。お前は、速さでもパワーでもかっこよさでも、決して新幹線に勝つことはできない。じゃがのう、精神的に揺さぶりをかけることはできるのじゃ」

「精神的な揺さぶり？」

「そうじゃ。よく思い出せ。[*35]池上線の御嶽山《おんたけさん》駅。お前は新幹線と立体交差をしている。しかも、お前が上を通っている。珍しいことじゃがあまり知られていない。どういうことか。ＪＲが決して知られたくないからじゃ。そうだろう。日本の鉄道の王様である新幹線の頭の上を、お前のような3両編成の電車がまたいでいる。これがどれほどの屈辱か。新幹線の耳元で、このことをばらすぞと囁き、相手が動揺したところを一網打尽に打ちのめす。これで全てうまくいく」

「本当にうまくいくんでしょうか。それに今の話を聞いて、精神的なダメージを受けているのは、私の方だと思うんですが……」

「いいから、早く行ってこい。皆の者、健闘を祈る」

「東急殿——ただいま戻りました！」

「京成線殿、早かったではないか。どうじゃった」

「京浜急行殿はすぐに味方についてくれるとのこと。しかし、東武伊勢崎線殿が」

「どうかしたのか？」

「私も知りませんでしたが、東武線[*36]の特急スペーシアが、JR新宿駅に、乗り入れておりました」

「なんじゃと。東武の車両が新宿駅に。なんという相応《ふさわ》しくないこと。近頃[*37]スカイツリーラインなどといって調子に乗っておると思ったら」

「社長――やられましたー」

「田園都市線、どうした、その傷は」

「情けのうございます。東横のれん街の攻防に集中しすぎたため、長津田《ながつた》からのＪＲ横浜線の侵入に気づかず、たまプラーザを制圧されました」

「なんじゃと」

「社長、ただいま戻りました」

「おお、目黒線と多摩川線、夢は叶《かな》ったか」

「いえ、すんでのところで、思わぬ邪魔が入りました。田園調布の住民が、蒲田と同じ沿線になるのは嫌だと、反対運動を起こしました」

「おのれ、どんどんこちらの分《ぶ》が悪くなっている。もうこんな時間だ。西武新宿線殿の帰りが遅い。どうしたというのじゃ」

「社長、ただいま入った情報によりますると、西武新宿線殿、討ち死ににございます」

「誰にやられた？」

「は、御兄上、西武池袋線殿の放った、レッドアロー*38に射られましてござりまする」

「いかん、あと残すは池上線だけじゃ。頼むぞ池上線よ」

プシュー（矢が飛んでくる）。

「矢文《やぶみ》じゃ。文がついておる。なになに？　池上線は預かった。返して欲しければ、御嶽山駅に来い。新幹線ひかりの君より。おのれ、池上線が人質に取られた。皆の者、再び出陣じゃ」

×　×　×　×　×　×　×　×　×　×　×

「やい、新幹線よ。どこにおる。新幹線よ」

「おーほっほっほっほ。麿《まろ》をお呼びでおじゃるか」

「このー、公家のような言葉を使いおって。やい新幹線、池上線はどこじゃ」

「社長、僕はここです。すいませんでした。やっぱり僕はいつまでたってもダメな池上線でした」

「自分を責めちゃいかん。すぐに救ってやる。やい新幹線。きさまの望みはなんじゃ」

「おのれ、麿を愚弄《ぐろう》する気か。由緒正しいひかりの君様に向かって、のぞみとは何事じゃ」

「わしが悪かった。ならばもう一度聞く。ひかりののぞみはなんじゃ」

「ならばそなたたちにチャンスをやろう。誰でもよいぞ。麿と競走をせい。そしてそなたたちが勝てば、池上線は解放してやろう。じゃが麿が勝てば、東急線全線を麿に渡すと、約束せい。ま、誰が出てきても同じじゃろうがな。おっほっほっほっほ」

「くそー、誰かおらぬのか。足の速い……京成線殿、そなたのところのスカイライナーはどうじゃ」

「うちのスカイライナーは、やっとの思いで成田エクスプレスに勝ったばかりなので、ダメです」

「どうしたらよいのじゃ。わが東急、一巻の終わりか」

「お待ちくだされ」

「その声は、京浜急行殿。遅かったではないか」

「いや、お待たせいたした。支度《したく》に手間取ったのでな。じゃが、今の話は全て聞いた。

ここはこのわしにお任せくだされ」

「その気持ちはありがたいがな、いくら無闇[39]にスピードを出すそなたとはいえ、新幹線に勝つことはできん」

「いやいやわしがやるのではない。今日は海外から友人を呼んだのじゃ。もうそろそろやってくる頃だとは思うのじゃがのう」

というその時、ピューンという一陣の風とともに姿を現しましたのが、フランス[40]の超特急TGV。最高時速500キロを超える世界一の特急です。このTGVを前にしては、いくら新幹線でも勝ち目はありません。

「ああ、あの神々《こうごう》しいお姿。あれは〝ベルサイユのひまわり〟と謳われたTGV様。おのれ東急め、汚い手を使いおって。この借りは必ず返すぞ。あーれー」

という声を残して、尻尾を巻いて逃げてしまう。あとに残された者は抱き合ってその勝利を喜んだそうです。

× × × × × × × × × ×

さあ皆様、いよいよやってまいりました。本日の、その時歴史が動いた。いよいよその時がやってまいりました。

平成○年○月○日、TGVが初めて、池上線を走った日。その後、TGVは東急線全線に導入され、中でも池上線では、五反田―蒲田間を約2分で結ぶという快挙を成し遂げ、沿線の住民に親しまれたそうです。

その時歴史が動いた。『鉄道戦国絵巻』という馬鹿馬鹿しいお笑いでございます。

（注）＊1　**東横線**……東急東横線。東京都渋谷区渋谷の渋谷駅～神奈川県横浜市西区の横浜駅間を結ぶ東急（東京急行電鉄）の路線。自他ともに認めるセレブ路線。自らも認めているところが特徴。

＊2　**代官山**……渋谷区代官山町にある、東急東横線が乗り入れる駅。各駅停車のみが停車するが、オシャレな街。

＊3　**中目黒**……目黒区上目黒にある、東急東横線、東京メトロ（東京地下鉄）日比谷線が乗り入れる駅。同じくオシャレな街。

＊4　**自由が丘**……目黒区自由が丘にある、大井町線、東横線が乗り入れる駅。やっぱりオシャレな街。

＊5　**田園調布**……大田区田園調布にある、東横線、目黒線が乗り入れる駅。オシャレでお金持ちな街。

＊6　**横浜**……神奈川県横浜市西区にある、JR線、東急東横線、京急（京浜急行電鉄）本線、相鉄（相模鉄道）本線、横浜市営地下鉄などが乗り入れする大ターミナル駅。しかし西口周辺を開発したのは、実は相鉄。

＊7　**五反田**……品川区東五反田にある、JR山手線、東急池上線が乗り入れる駅。駅員のひとりは駒次の同級生。

＊8　**蒲田**……東急線蒲田駅。大田区西蒲田にある、東急池上線、多摩川線が乗り入れる駅。観覧車のある駅ビル屋上に、なぜかブルドーザーやフォークリフトなどガテン系遊具が多い。JR京浜東北線の蒲田駅にも乗り換え可能。

＊9　**大井町**……品川区大井にある、JR京浜東北線、東急の大井町線、東京臨海高速鉄道のりんかい線が乗り入れる駅。ホームから見える山手線車両基地の風景は圧巻。

＊10　**戸越銀座**……品川区平塚にある、東急池上線が乗り入れる駅。日本全国にある「○○銀座」発祥の地。

＊11　**高島町、桜木町を無残にも切り捨て**……平成16年（2004）、相互乗り入れにより1日10万人の乗降客があった駅を廃止した。いや～驚いた！

＊12　**田園都市線**……渋谷区道玄坂の渋谷駅～神奈川県大和《やまと》市中央林間の中央林間《ちゅうおうりんかん》駅間を結ぶ路線。憧れの東横線の背中を、はるか後ろから追いかけている。

＊13　**大井町線**……大井町駅～神奈川県川崎市高津区の溝の口駅間を結ぶ路線。一部扉の開かない駅

が2つもある。
＊14　**池上線**……五反田駅～蒲田駅間を結ぶ路線。都会のローカル線。
＊15　**目黒線**……品川区上大崎の目黒駅～神奈川県横浜市港北区の日吉《ひよし》駅間を結ぶ路線。元目蒲《めかま》線の出世した方。
＊16　**多摩川線**……大田区田園調布の多摩川駅～蒲田駅間を結ぶ路線。元目蒲線の放っておかれてる方。
＊17　**世田谷線**……世田谷区太子堂の三軒茶屋《さんげんぢゃや》駅～世田谷区松原の下高井戸《しもたかいど》駅間を結ぶ路線。駒次のスクールライフの舞台。
＊18　**こどもの国線**……神奈川県横浜市緑区の長津田駅～横浜市青葉区のこどもの国駅間を結ぶ路線。昔、中間駅の恩田《おんだ》駅そばで暴走族型自転車を目撃。
＊19　**3両編成**……池上線の車両編成。同じ東急多摩川線なども3両編成だが、ワンマン運転。2両じゃ短く、4両じゃ長い、絶妙な両数。
＊20　**五反田とその次の大崎広小路の距離が短すぎる**……約300メートル。「次は大崎広小路、大崎広小路……」と車内アナウンスが言い終わる前に到着（嘘です……）。
＊21　**洗足池の駅は、花見の時期しか客がいないとか**……大小の湧水に恵まれた池の畔は、都内有数の桜の名所。スミマセン、お客さんはちゃんといます。
＊22　**新玉川線**……「玉電」の愛称で親しまれた渋谷駅～世田谷区玉川の二子玉川駅間を結ぶ路面電車の軌道を継承して、昭和52年（1977）開通し、平成12年に東急田園都市線に統合された。
＊23　**西武新宿線**……新宿区歌舞伎町の西武新宿駅～埼玉県川越市新富町の本川越《ほんかわごえ》駅間を結ぶ路線。

黄色いはずの西武線だが、青い電車になりつつある。

＊24 **京成線**……京成本線。台東区上野公園の京成上野駅～千葉県成田市三里塚御料牧場の成田空港駅間を結ぶ路線。今でも行商列車が走っている。

＊25 **西郷殿に頭を踏みつけられて**……始発駅の京成上野駅は、西郷隆盛像がある上野の山の地下にある。

＊26 **いまだに靖国通りを越えることができませぬ**……西武新宿線の西武新宿駅は、靖国通りの一歩手前にある。現在の「ルミネエスト」がある場所に乗り入れる計画もあった。

＊27 **副都心線を通じて東横線と密通**……平成25年3月に、東京メトロ副都心線が東急東横線との相互直通運転を開始。現東横線（旧）渋谷駅はなくなり地下化され、またひとつ終着駅が消える。

＊28 **わが東急の本拠地大田区**……東急最初の開業路線・目蒲線をはじめ、多くの路線が大田区を走る。ただ本社は渋谷区。大田区の皆さん、すみません。

＊29 **浅草線を通じて**……都営地下鉄浅草線経由で、京成線と京急線が相互直通運転をしている。

＊30 **そなたの兄上の所沢からの侵入**……西武線は池袋線も新宿線も所沢駅に停車する。ホームにある立食いそばがうまそう、と思いながらいつも通り過ぎる。

＊31 **田園調布の駅と多摩川の駅**……田園調布は目黒線と共用。多摩川は目黒線・多摩川線と共用。

＊32 **目蒲線**……目黒駅～蒲田駅間を結んでいた東急最古の鉄道路線。平成12年、東京メトロ南北線、都営地下鉄三田《みた》線の乗り入れにより、目黒線と多摩川線の2路線に分かれ、消滅した路線。元は同じ路線だったのに、今ではこんなに違うなんて……。

＊33 **東横のれん街**……長らく東急東横店東館1階にあった老舗名店街。平成25年4月、「渋谷マー

クシティ」に移転。♪と〜よこのれんがい〜、のCMが懐かしい！
＊34　**大井車両基地**……品川区八潮にあるJR東海道新幹線の車両基地。線路・架線等の設備検査用に使われる新幹線電気軌道総合試験車のボディーカラーから、ドクターイエローと呼ばれる車両を探すマニアも多い。
＊35　**池上線の御嶽山駅**……大田区北嶺町にある東急の駅。本当にホームの下を新幹線と横須賀線が走っているんです！
＊36　**東武線の特急スペーシアが、JR新宿駅に、乗り入れて**……平成18年、JR東日本とともに新宿駅からJRの線路を共用して日光、鬼怒川へ向かう特急「日光」「きぬがわ」が誕生。元成田エクスプレスのすごい色の車両も走っている。
＊37　**スカイツリーラインなどといって**……東武伊勢崎線は東京スカイツリーの完成に合わせ、浅草・押上《おしあげ》〜東武動物公園間の路線に東武スカイツリーラインと愛称名を付けた。業平橋《なりひらばし》駅もとうきょうスカイツリー駅に変更した。
＊38　**レッドアロー**……西武鉄道の特急列車の愛称。飯能《はんのう》での方向転換の時、自分で座席をクルリと回転しなければならない。タイミングを逸すると、ずっと後ろ向き。
＊39　**無闇にスピードを出す**……最高時速120キロ。京浜急行が速いということは、東京の人なら誰でも知っていることだと思っていましたが、お客さんの反応を見る限り、そうでもないようですね。
＊40　**フランスの超特急TGV**……1981年開業のフランス国鉄の高速鉄道。2007年に時速574・8キロのギネス記録を樹立。スタイリッシュなデザインや内装も人気。昔はボディーカラーがオレンジ色だったので、「ベルサイユのひまわり」にしている。

都電物語

　その昔、東京中を都電が走っていたんだそうです。それが昭和42年からだんだんとなくなって行く、その時代のおはなしです。舞台は都電の1番系統。この1番というのは品川から上野を結んでいた路線。沿線には銀座や日本橋や神田なんかがありまして、花形です。ですから新型車両は必ずここへ入った。アメリカから来ましたＰＣＣカー[*1]５５０１形ですとか……大丈夫ですか？　ずっとこういう調子ですから、今のうちに腹をくくっていただきたいと思いますが。

　私、子どもの頃から都電が好きで乗っておりますが、ずっと思っていたことがありまして、運転席の、左が[*2]アクセルで右がブレーキ、このアクセルの方にですね、[*3]毛糸のカバーを付けている運転士さんがいらっしゃる。あれが気になってまして、いったい誰が作るんだろう。奥さんなのか、恋人なのか、お母さんなのか、それとも先輩からのお下がりなのか。あまりに気になったので、こないだ都電にメールで問い合わせてみました。で、返信が来まして。

――このたびはお問い合わせありがとうございます。

ここからがすごいです。

――お客様のお問い合わせの件につきましては、運転士個人のプライバシーに関わることのため、個人情報保護法に基づきまして、お答えすることはできません。

そんなこととかよ。教えてよ……という感じですが。

×　×　×　×　×　×　×　×　×　×

「ちょっと待った！　お願〜い！」

キキイッ～！

「あいたー」

「あぁよかった、間に合って」

「ちょっと、電車の前に飛び出したら、危ないじゃありませんか」

「だってしょうがないじゃない。これぐらいしないと停まってくれないんだから」

「そんなこと言って、ひかれたらどうするんです？」

「大丈夫よ。こんなに小さな電車。ひかれたってね、そっちが壊れるだけでしょ」

「まったくもう。だいたいね、毎朝ここでハイヒール履くの、どうかと思いますよ」

「いいのよ、はだしが一番速いんだから。さぁさ、早く発車してちょうだい。会社に遅れるでしょ」

「なんてこと言うんですか、皆さん待たせといて。怒ってますよ」

「怒ってるわけないでしょ。どうも皆さん！　おはようございます」

「おぉ姉ちゃん、今日も威勢がいいな。俺はよ、姉ちゃんのその元気な姿を見ねえってぇと、一日が始まった気がしねえや」

「まあおじさん、今日もお仕事頑張りましょ……。ほら、怒ってないじゃない」

「皆さんが甘やかすからこういうことになるんですよ。発車しますよ。つかまってください」

シューシューシュー（ブレーキを操作）、ガラガラガラガ（マスコンをまわす）、チンチン。

「もう……、どうしていつもこうなのかしら。走り出したと思ったら停まって。この車はどっからうじゃうじゃ湧いてくるのかしら。ほら、どうして道を譲るの。もうじれったいわね。あたしが許す。あの車、ひいちゃいなさい！」

「なんてこと言うんですか。よくもまあ次から次へと文句が出ますね。そんなに急ぐんならね、もう少し早く起きるとか、この道ずっと走るとかしたらどうです？」

「……まあ、なんてこと言うの？　お客様に対して。あなたのそういう偉そうな気持ちが、あなたの運転には出てる！」

「あのね、噺家の師匠みたいな小言《こごと》言うのやめてもらえます？」

「だいたいね、毎朝あなたのこと見てるけど、ほんと運転下手ね。第一なんなのその毛糸のカバー。茶色なんて、おじいちゃんじゃあるまいし。誰に作ってもらったの?」

「ああ、これはね、先輩からのお下がりなんですよ」

「うそつき。女の匂いがプンプンするわ。そんなことにかまけてるから、いつまでたっても上達しないのよ。あなたの弱点はコーナリングよ、コーナリング。特に三越前から日本橋にかけての右カーブ。あなたあそこで必ずガッチャンってなるでしょ。ちゃんとコツがあるの。教えてあげるから聞いてなさい。いい? まず室町一丁目の電停を出たら、だんだんスピードを上げて、そうね、21・2キロかしら。そこまで来たらすっと[*4]ノッチを切るの。右手には『三越』、左手には包丁の『[*5]木屋《きや》』。そのあたりに来たらそーっとブレーキをかけるの。優しくよ優しく。まるで赤ちゃんのほっぺを羽毛がなでるように、そーっとブレーキをかけるの。で、前の車輪がカーブに差し掛かったところで、フッとブレーキを緩めるの。するとどう? この鉄の塊が、氷の上をすべるように、スーッと走っていくの。これが理想のコーナリング……。さぁ、やってごらんなさい」

「あなた何者なんですか。確か銀座の会社で受付やってるって話ですよね」

「いいからやってみなさい。ほら、日本橋が見えてきた。あたしが見ててあげるから。

そっとブレーキをかけて。もっと優しく。そう、その調子。まだ緩めちゃダメよ。あとちょっと。あと3メーター、あと1メーター、あと1センチ、あと0・2ミリ。はい、ここで緩める」

　ガッチャン！

「下手くそー！　ほんとに下手なんだから。もう今日は特訓よ特訓。仕事が終わったら三田[*6]の車庫にいらっしゃい。あたしが教えてあげるから」

「いい加減にしてくださいよ。ほら、銀座四丁目、着きましたよ。会社に遅れますよ」

×　×　×　×　×　×　×　×　×　×

「ちょっと待った！　お願～い、停まってー！」

　キキイッ～！

「あいたたたたー」

「よかった、間に合って」

「間に合ってませんから」

「お母さん！　早く来てよ。それからこれ、はい」

「なんですか？　ああ、毛糸のカバー」

「あたしが作ったの。そんなのよりこっちの方がいいから」

「ちょっと、勝手に付けないでくださいよ。あら、これヒョウ柄じゃありませんか。いやですよ～」

「これ付けてれば上達するから」

「まあまあ、お待たせしました。待っておくれよ、あたしは着物なんだから。どうもすいません。あら、この人が……？　どうも、いつもうちの娘がお世話になっております」

「お母さん、もういいから。早く座ってよ」

「発車しますよ。つかまってください」

シューシュー、ガラガラ、チンチン。

「いやーでも珍しいですね。今日は休みだっていうのに。しかもいつもと反対方向」

「ちょっとね、上野に用事があるのよ」

「お2人で食事ですか」

「違うわよ。なんでもいいでしょ」

「運転士さん、今日この人、お見合いなんですよ、お見合い」

「余計なこと言わないでよ」

「へぇー、それでおめかししてたんですね。お見合い、うまくいくといいですね」

「……まあ、あなた今、悲しい顔したでしょ」

「はあ？　そんな顔してませんよ」

「うそつき。してました。私の目はごまかせません。でも悲しんでも無駄よ。あたしみたいな美人と、あなたみたいなしがない運転士が、一緒になれるわけがないんだから。ああ、せいせいするわ。この縁談がまとまれば、あなたの運転するこんなボロに乗らなくて済むんだから。今日のお相手はね、むつい物産の御曹司。あの人は毎朝白亜の豪邸から出かけていく。あたしは白いエプロンであの人を見送る。

あなた、行ってらっしゃい。

あぁ行ってくるよ。でもね、本当は会社に行きたくないんだ。

あら、どうして？

会社に行ったが最後、帰って来るまで君に会えないじゃないか。

まぁあなたったら。でもよくお考えになって。あなたは従業員10万人を抱えるむつい物産の次期社長。あなたの肩にはしがない庶民の暮らしがかかっているんですのよ。今はあたしのことは忘れて、下々《しもじも》の者のために働いてやってくださいな。

そうだな、君の言うとおりだ。ほんとに君はよくできた妻だよ。一緒になってよかったよ。愛してるよ。

まあ、あたしも愛してますわ。

何言ってんだい。ぼくの方が愛してるよ。

まあ、あたしの方が愛してますわ。

僕の方が10倍愛してるよ。

あたしの方が１００倍愛してますわ。

僕の方が１０００倍愛してるよ。

あたしの方が１万倍愛してますわ。

愛してるよ。愛してますわ。愛してるよ。愛してますわ」

「だんなさん、早く出かけないんですかー？」

「次はー、外神田五丁目《そとかんだ》ー」

「あの人は高級外車に乗って出かけていく。それも1台や2台じゃない。順番に乗ったら5年半はかかる。ビュイック、ダットサン、クライスラー、フォード、ベンツ、ポルシェ、フェラーリ、クラウン、サニー、プリウス」

「時代ばらばらですね。もうちょっと時代考証ちゃんとした方がいいんじゃないですか？」

「次はー、上野一丁目ー」

「掃除だって大変。何しろ寝室だけで800ヘクタールあるんだから。置物だってすごいの。利休《りきゅう》のマグカップ、ロダンの二宮金次郎、北斎《ほくさい》の最後の晩餐」

「そんなのありましたっけ？」

「次はー、上野広小路ー」

「やぁ、ただいま。

あらあなたどうしたの？　まだお昼じゃない。

どうしても君に会いたくなってね、早引けして帰ってきたんだ。

まあ、あなたったらっ。

さあ、今日は午後たっぷり時間があるから何をしよう。そうだ、自家用飛行機でパリへ行こう。

まあ、パリへ？

さあ着いたよ。あれが有名なシャンゼリゼ」

「アメ横ですけどー」

「あれがナポレオンの銅像」

「西郷さんですー」

「これが夢にまで見たムーランルージュ」

「鈴本[*10]演芸場ですけどー」

「うるさいわね。人がいい気分になってるのに」

「ほら上野に着きましたよ。お見合いなんでしょ」

「あ、そうだ、まだお見合い終わってなかったんだ。お母さん、起きてよ。遅れるわよ」

×　×　×　×　×　×　×　×　×　×　×

「はぁ、今日も仕事が終わった。疲れたなあ、帰るとするか……。あれぇ？　あんなところに女の人が寝てるよ。こんな夜遅くに、どうにかなっちまうぞ。……ああ、いつものあの人。うわっ、酒くせ！　あれ？　確か今日お見合いだったはずだけどなあ。ちょっと、起きてくださいよ。風邪ひきますよ。ちょっと、起きて……。はぁ、わかりました、私がおぶって行きますから。しっかりつかまってくださいよ」

「……ヒック、ヒック。……オエエ〜」

「やめてくださいよ！　その時はちゃんと言ってくださいよ。道案内もね。ええと確か、いつもこの路地から出てくるんだよなあ。……こっちですか？　……ここですか。ごめんください、こんばんは」

「はいはい、どなた？　あらまあ、運転士さん。どうも昼間はお世話になりました。どうしました？　こんなに夜分に。……あら、この子ったら、どうもすいません。ええ、*11須田町《すだちょう》の電停で？　その辺にほっぽっといてください。どうもすいません」

「じゃあ、僕はこれで失礼します」

「いいじゃありませんか、せっかく来てくださったんですから。お茶でも飲んでってください。この子、お見合いになるといつもこうなんですよ。親の私が言うのもなんですけどね、黙って座ってれば器量だけはいいでしょ。だから取引先の社長やなんかから、うちの息子にどうだ、なんてお見合いの話はよく来るんですよ。会社の手前、顔だけは出すんですけどね、はじめのうちはおとなしくしてるんですよ。ところがお酒が入ると、ああいうお坊ちゃんみたいなのが気に食わないんですかね。だんだん小言になって、それが説教になって、しまいには殴る蹴るの暴行になっちゃうんですよ」

「へえ～、今日もだいぶ飲んでますよ」

「いつもだいたい、5升ぐらいですかね」

「5升！」

「実はねこの子、いつも運転士さんのこと話してるんですよ。あの人は運転は下手だけど、急ブレーキだけはうまいって」

「娘さんに鍛えられてますから」

「実はね、この子の父親も、都電の運転士だったんですよ」

「そうなんですか！」

「運転士さん、コーナリングの政《まさ》ってご存じありませんかねえ」

「コーナリングの政？　……ああ！　聞いたことありますよ。どんな急カーブでも曲がれないところはないって。日光のいろは坂も都電で登ったって、伝説の人でしょ？　あれがお父さんですか。どうりでコーナリングにうるさいと思いましたよ。で、そのお父さんは、今何してるんです？」

「……グスン、グスン。（目頭をおさえる）何年前になりますかね、腕のいい人だったんですけどね、あの人は……、あの人は……」

「おう母ちゃん、ただいま」

「あらあなた、いたの」

「おう、湯に行ってきたんだよ」

「あら、お帰りなさい……。運転士さん、これがその父親です」

「ちょっと待ってください!? 今、完全にお父さん亡くなったって、そういう流れでしたよね」

「どうもすいません、お客さんがちょうどだれる頃かなあ、と思いまして、カツを入れさせていただきました」

「そんなことのために殺さないでくださいよ。ああ驚いた」

「なんだい、この兄ちゃん。え? おうおう、あの運転士か。いつも聞いてるよ。うちの娘にいろいろやられてるんだってな。まあ悪気はねぇんだ。気にしねえで付き合ってやってくれ。だけどあんちゃんも大変だな。まさか都電がなくなっちまうとはな」

「やっぱりご存じでしたか。新[*12]しくできる地下鉄で働けなんて言われてますけどね」

「だけどよう、何もみんななくしちまうこたぁねえと思うけどなあ」

「仕方がないのかもしれません。時代の流れですからね」

「仕方がないってなによ!」

「あぁびっくりした。ちょっとお嬢さん、首絞めないでくださいよ。いつの間に起きたんですか。うわ、酒くせ！」

「なんで都電がなくなっちゃうのよ」

「知らなかったんですか？　あと何カ月もすれば、みんななくなっちゃうんですよ」

「どうしてなくなるのよ。ああ、あんたのせいでしょ！　あんたの運転が下手だから」

「そうじゃありませんよ。都知事[*13]が決めたことですから」

「都知事が決めた？　どうしていつの時代も、都知事って余計なことしかしないのかしらね。これじゃ、あたしの夢が叶わないじゃない」

「あなたの夢って何なんですか？」

「あたしはね、小さい頃から、腕のいい都電の運転士と結婚するっていうのが夢だったのよ」

「おお！　そうだ。そんなこと言ってたなあ。俺が運転士やめてから言わなくなったから、諦めたのかと思ったぜ」

「諦めるわけないでしょ！　何のために毎日都電に乗ってると思ってんのよ。色々物色してたんだから。これじゃあ、あたしの夢が、あたしの夢が……。グーグーグー」

「寝ちゃった！　すごいなこの人」

「悪いな、あんちゃん。いつもこんな調子なんだ。明日から短え間だけど、こいつよろしく頼んだぞ。じゃあな、明日も早えんだろ、帰ってゆっくり休むんだぞ～」

×　×　×　×　×　×　×　×　×　×　×　×

「ちょっと待った！　お願～い、停まって～」

キキイッ！

「いいかげんにしてくださいよ！」

「どうも皆様！　おはようございます。わたくし、毎朝都電に乗り合わせている皆様に、重大発表がございます。わたくし、このたび、結婚することにいたしました！」

「へえ～、おめでとうございます。やっぱりあんなこと言って、むつい物産の御曹司とうまくいったんですね」

「違うわよ。皆様、わたくし、ここにおります運転士と結婚することになりました」

「はあ!?　馬鹿なこと言わないでくださいよ。はぁ、やっぱりゆうべ５升も飲んだから、まだ酔っ払ってるんですね」

「なに言ってんの。５升ごときでくたばるあたしじゃないわよ。昨日だってね、５升飲む前に、試しに５升飲んだんだから！　分かる人だけでいいわよ。ゆうべ、都電がなくなるという話を聞きまして、愕然といたしました。これではわたくしのかねてからの夢、腕のいい都電の運転士と結婚することが叶いません。今までも、何人か候補はいたんでございます。しかしわたくしの激しいしごきに耐えられず、皆、やめていきました。そんな中、ここにおりますこれは、腕は未熟ですが、根性はあるようでなんとか耐え抜きました。このたび、ここにおりますこの男と、消去法で結婚することにいたしました。今後は短い間ではございますが、妻兼指導役といたしまして、一日も早く一人前の運転士とすべく、精進する所存でございます。結婚式の日取りと会場はこの招待状に書いてありますので、どうぞ皆様お越しください！」

「ちょっと！　馬鹿なこと言わないでくださいよ。皆さんも何してるんですか。車掌さんまで！　この話、ちょっと待った〜！」

× × × × × × × × × × ×

なんてんで、都電は大混乱。終日ダイヤが乱れたという。

はじめはしぶしぶだった運転士さんですが、彼女の勢いに押されめでたく結婚をいたします。それから幸せに暮らしまして、四十数年がたったある日、今でも走っております[*15]都電荒川線の線路際のベンチに、まもなく七十いくつになろうという夫婦が座っています。


「あなた」

「なんだい？」

「都電、走ってますね」

「そうだな。こうやって眺めるのもなかなかいいもんだな」

「あなた」

「なんだい？」

「都電、なくなるって言いませんでしたっけ？」

「そんな話もあったな。まあこのおかげで、定年まで都電の運転士として勤め上げることができた」

「あなた」

「なんだい？」

「うそつき」

（注）＊1　ＰＣＣカー5501形……昭和29年（1954）製造。日本の電車技術の水準向上を目指し、当時のアメリカの最新技術を採り入れて製造された画期的な車両。初期はなんとペダルを足で踏んで運転していた。
＊2　アクセル……マスコン（マスターコントローラーの略。主幹制御器）。鉄道車両の速度をコントロールする装置。当時の都電はレバーを段階的に回転させて制御するタイプ。形は様々あるが、古いものは骨董品のように美しい。

＊3　**毛糸のカバー**……かつてはほとんどの都電運転士が使っていた。奥さんか彼女のお手製。

＊4　**ノッチ**……マスターコントローラーの段数。段数を上げるごとに、モーターに流れる電気量が増え、スピードが上がる。

＊5　**「木屋」**……寛政4年（1792）創業の老舗刃物店。現在は「コレド日本橋」に入っている。

＊6　**三田の車庫**……港区芝にあった。現在は港勤労福祉会館と芝五丁目アパート。

＊7　**外神田五丁目**……元末広町《すえひろちょう》電停。末広町交差点界隈。

＊8　**上野一丁目**……元黒門町《くろもんちょう》電停。上野3丁目交差点界隈。この辺りに名人・桂文楽が住んでいたため、黒門町の師匠と呼ばれていた。

＊9　**上野広小路**……上野広小路交差点界隈。現在は落語会も多い「お江戸上野広小路亭」がある。

＊10　**鈴本演芸場**……台東区上野。安政4年（1857）、上野広小路にできた「軍談席本牧亭」を母体として誕生、現在のビルは昭和46年完成なので、話の当時は風情ある木造建築の時代。その当時、高座《こうざ》に置いてあった立派な衝立《ついたて》が、つい最近発見され、平成24年12月から「鈴本演芸場」で公開中。ぜひ見にいらしてください！

＊11　**須田町の電停**……須田町交差点界隈。交差する中央通りと靖国通りの両方に都電が通っていたので、まさに都電ジャンクション！　近くには昭和29年まで、都内有数の寄席「立花亭」があった。

＊12　**新しくできる地下鉄**……昭和43年に全線開通した都営浅草線を想定している。

＊13　**都知事**……東《あずま》龍太郎から美濃部《みのべ》亮吉《りょうきち》に代わった年。「余計なことしかしないのかしらね」という台詞《セリフ》を言った時のお客さんの反応が様々で楽しいです。

＊14　**試しに5升飲んだんだから！**……店の使用人が一度に5升の酒を飲むという大店の主人と、そ

れを信用しない得意先の主人が、飲めるか否かの賭けをする。少しの間、席を外した使用人が戻ってきて、5升の酒を飲み干す。後でどこへ行ったか尋ねると、試しに表の酒屋で5升酒を飲んでみたと言う。落語研究家・今村信雄が昭和初期に作った『試し酒』という噺。今も多くの噺家が演じ、五代目柳家小さんが得意にしていた。

＊15　都電荒川線……都電27系統（三ノ輪橋《みのわばし》～赤羽《あかばね》）、32系統（荒川車庫前～早稲田）を統合し昭和49年に誕生した。都電最後の生き残り。併用軌道区間（一般道を走る区間）が少なかったため、廃止を免れた。

2両目

柳家小ゑん

昭和28年（1953）、東京都目黒区生まれ
武蔵工業大学（現・東京都市大学）卒
昭和50年、五代目柳家小さんに入門
昭和60年、真打ち昇進

やなぎやこえん——現代の新作落語人気の基礎を築いたパイオニア。天体観測、カメラ、オーディオ、電気工作、鉄道模型など、どのジャンルもマニアの域という、落語界きっての趣味人。その趣味を生かした新作も多い。一方で江戸の言葉遊びにも造詣が深く、大正ロマンを感じさせる一連の新作落語までものにする。また、ジャズバージョンの出囃子《でばやし》も持っているほどのジャズファンでもある。

鉄の男

近頃はオタクなんて言葉がすっかり市民権を得てしまいまして、その巣窟《そうくつ》が秋葉原ですね。あそこはあんな街じゃなかったんですよ。あそこは電気部品を買いに行くところだったんです。電気少年の聖地だったんです。昔は秋葉原と言ったら、はんだ付けできない奴は改札を通さなかったんですから。それが今は変なオタクが支配して手に負えないですね。でも、オタクにも色々あってあらゆる趣向があると思いますけど、オタクってのは、とにかく人から理解されなければされないほど燃えるというね、それが怖いですね、非常にねぇ。私も分からないでもないんですけど。

×　×　×　×　×　×　×　×　×　×　×

「ただいまカナ子、今帰った」

「あらあなた、遅かったじゃないの」

「あ〜パパお帰りなさい！　パパお帰りなさい！」

「お〜なんだツバサ[*1]。お前、まだ起きてたのか？」

「起きてました。パパに会いたくて眠いの我慢して起きてました」

「偉いなぁお前。あっそうだツバサ、お土産買ってきたぞ、お前が好きな一番喜ぶお土産」

「わ〜嬉しいな！　怪獣かな、キングギドラかなゴジラかな、何だろうな？」

「何言ってんだ。そんなんじゃないんだ、もっといいもんだぞ。ほら見ろ！　急行列車のキハ[*2]58系だ、どうだゴハチだ」

「……（ツバサうつむく）」

「おい、いいか、このキハ58系はな、ただのキハのゴハチじゃないんだ。色を見ろ、色を。オレンジ色とクリーム色の旧国鉄色だ。JRじゃないんだ、お前！」

「でも僕やっぱり……ゴジラの方が」

「何言ってんだ、ツバサ、よく覚えておけよ。キハ58系はなぁ、山陰本線中部を走る快速の気動車だ。それに、JR西日本では舞鶴線[*3]に紀勢線[*4]、それに岡山電車区の津山線[*5]を走っているんだが、それは旧国鉄色じゃないんだ。いいだろ、このクリーム色とオレンジ色は」

「……僕ゴジラの肌の色の方がいい……」

「な～に言ってんだお前！　ゴジラなんか連結できないんだぞ。レールの上を走れないんだから。時刻表見たってどこにもゴジラなんて出てこないんだ。それに、見ろこのヘ[*6]ッドマーク、ヘッドマーク。速そうだろ？　キングギドラなんかより、よっぽど速いぞ。この名前、読んでやろうか？　快速！　鳥取ライナー」

「あんまり速そうじゃない（泣きべそ）……」

「何馬鹿なこと言ってんのよ、あなたは！　本当に。ツバサはそういうの好きじゃないって言ってるでしょ?」

「あ〜そうか、好きじゃなかったのか。じゃあやっぱりEF81[*7]の方が良かったかな……」

「おんなじでしょ!　おんなじ電車でしょ!」

「何言ってるんだよ、ぜんぜん違うよ、お前。EF81とキハ58は全然違う!　電車、電車って簡単に言うけどなぁ、電車ってのは電気で走るから電車、正式には電動客車というんだ。このキハ58系見てみろ、屋根に電気取るパンタグラフがないだろ、パンタグラフ。知らないのか、屋根に付いてるこういうやつだ(手でパンタグラフの形を作って見せる)こういう、今はシングルアーム[*8]だけどな(片手でシングルアームの形をする)。だからこれは電気じゃなくてディーゼルで走る。ディーゼルで走るから、これは電車じゃなくて正式には気動車!」

「知らないわよ、そんなこと!　やめてよ本当に!　あなた、自分の趣味を息子に無理やり押し付けないで」

「何言ってんだ。ツバサはちっちゃい時からね、鉄道が大好きなんだ。それが証拠に、俺は知ってるんだ。2歳の時だな〜。こっちに怪獣のぬいぐるみ置いて、こっちに貨物列車置いて、おいツバサ、お前どっちが好きなんだ！　って聞いたら、もうぬいぐるみなんか見ないで、すぐ貨物列車を取ったじゃないか」

「だって、あの時あなた、貨物の中にビスケット入れてたからでしょ？」

「覚えてた？」

「覚えてたわよ、本当に。も～やめて。鉄道マニアはあなたでたくさん！　鉄チャンは一家に2人もいらないの。鉄道オタクはもう。そうじゃなくったって家の中、色んなもののゴテゴテゴテゴテ置いちゃって、も～。朝起きるとさ、SL[*9]の砲金《ほうきん》プレートっていうの？　蒸気機関車のあそこにあるやつさ、D51334とか書いてあるの持ってきて、あ～デゴイチデゴイチ～なんて頬ずりしてさ。その下にはC57[*10]、貴婦人貴婦人って訳の分からないこと言って喜んでる、本当に。え～それに何、こっちにはヘッドマークっていうの？　列車の前に付いている『あさかぜ』[*11]とか『富士』[*12]とか『さくら』[*13]とか『いなほ』とか、そんなのはまだいいわよ。な～に、あの汚い錆びついちゃった四角い鉄の板は、え～ッ？　『新宿―松本』とか『新潟―秋田』とか、何？　行き先方向板、サボ[*14]っていうんでしょ？」

「覚えたね、お前」

「覚えちゃうわよ、そりゃ毎日毎日聞かされてりゃ！　冗談じゃないわよ。あのね、頼むから玄関に変な色紙飾らないでよ！」

「何が変なんだ、有名人の色紙飾ってどこが悪いんだ」

「ど～こが有名人なのよ？　そりゃね、落語家の[*15]五代目柳家小さんの狸の絵とか、名人と言われた[*16]三遊亭円生《えんしょう》の蝋燭《ろうそく》の炎がこうなって、『芸道一筋』とか、そういうのだったら来たお客様が、あぁこの家はいい趣味だなと思うわよ。何あの色紙？　『日々指差《ゆびさ》し確認』[*17]第十一代目小海線野辺山《のべやま》駅駅長小机次郎って誰なのよ！」

「有名じゃないか！　野辺山駅っていったら、ＪＲの中じゃ日本で一番高いところにある駅なんだぞ、標高１３４５・６７メートルなんてことは日本国民の８割は知ってる」

「知らないわよ‼　そんなこと！　もう、この間だってさ、リビングに良いソファーがあったら買ってきてって言ったら」

「買ってきたじゃないか！」

「あれ、新幹線の座席でしょ！　どこが良いのよ？」

「だってお前、あれグリーン車」

「知らないわよ！」

「しかも、手に入らない０系[*18]」

「知らないわよ！　冗談じゃないわよ。もう、床《とこ》の間には連結器を置いちゃうし」

「いいオブジェ……」

「何言ってんのよ。知らない人が見てなんだろうな？　って思うわよ」

「お客さんが来たら、あの連結器を見て、あっ、このうちの家庭は連結器のようにシッカリと絆がつながっているって、感心するだろ」

「あの連結器のお陰でね、夫婦の間にヒビが入りそうなのよ。でも、まだいいわよ、家の中は、見えないから。お願いだから！　玄関に踏切付けるのやめて！」

「いけないか？」

「当たり前じゃないのよ！　それも、知らないお客さんが来てボタンがあるからチャイムだと思って押すと、カンカンカンカン！（手で遮断機が上がるしぐさ）遮断機が上がるのよ。みんなビックリして帰っちゃうじゃないのよ」

「いいじゃないか。だからNHKの集金人とか、変な物売りとか、おかしな宗教の勧誘とか、そういう怪しい奴はみんな来ないじゃないか」

「どうして来ないか分からないの？　それ以上にうちが怪しいと思われてんの！　まったく、そんなものばっかり買うからお金がなくなっちゃって、私に洋服ひとつ買ってくれないじゃないの、ね～ツバサ」

「パパ、かわいそうですぅママが。お洋服買ってあげてください」

「なんだお前、この間買ってやったばっかりじゃないか、洋服」

「な～によ」

「1週間前に買って持ってきたろ、お前にぴったりの服」

「……あれ新幹線の車内販売の制服でしょ、あれ。あんなのいつ着るのよ？」

「いや、だからお客が来た時。ワゴンの上に飲み物載せて、コーヒーにウーロン茶はいかがですかぁ？」

「あのね、どうして私がお客の前でコスプレしなきゃいけないの？　変態だと思われるでしょ、まったく」

「いや、俺の友達はいい趣味だって褒めてくれる」

「そりゃ、あなたの友達は、皆、鉄チャンだからよ。とにかくね、ツバサに自分の趣味を押しつけるのはやめて！」

「何言ってんだよ。俺はなぁ、ツバサを一流の鉄道マニアに育て上げて、来たる将来、手に手に[*19]青春18きっぷを握りしめて、親子で全国鉄道乗り尽くし一筆書きの旅に出るのが夢なんだよ」

「やめて！　子どもの未来にレールを敷かないで」

「うまいことというな、お前！」

「……それより、電話あったわよ、影山さんから！」

「おっ、影っちから、また電話あったのか。何だって？」

「まだ帰らないって言ったら、いつもの駅前の居酒屋、あの『各駅停車』っていう店で待ってますって。そう言ってたわよ、くら～い声で」

「なんだろうなぁ？　あいつまたいい鉄道写真、撮れたんじゃないか。そうしちゃあ自慢して見せたがるんだから、本当に……」

「おかしいんじゃないの、あの人。普通ね、電話のかけ方ってあるでしょ、ねぇ？　西沢さんのお宅ですか？　影山と申しますけども、ご主人様いらっしゃいますかって。あの人さぁ、私が出た時に、『影っち……ク、クニ坊いますか？』……38にもなって何がクニ坊なのよ！」

「しょうがないだろ、幼稚園の時から鉄道友達なんだから」

「でも、本当に暗いわね。あの人、社会性ないんじゃないの」

「お前、失礼なこと言うなよ、あいつ、仲間の間じゃ『神』って言われてンだぞ。それに昔よりずっと明るくなったんだよ」

「あれで明るくなったの？」

「そうだよ。それが証拠にこの間結婚式して、俺、披露宴出てきたろ？」

「えっ？　あの披露宴、影山さんのだったの？　どうもおかしいと思ったのよ、引き出物にレール輪切りにした文鎮が入ってたから。でも、よくあの鉄道オタクが結婚できたわね。信じられない！　あんな鉄道マニアと一緒になる女の顔が見たいわ」

「……お前だってそうじゃないか！」

「私は騙されたのよ！　冗談じゃないわよ。え〜！」

「じゃあ、行ってくる、うん。飯？　だだだ大丈夫。あのちょっと遅くなると思う、うん。まっ、なるべく早く帰ろうかなと思うけど……でもやっぱり遅い……」

「どうせ遅くなるんでしょ。訳の分からない話で盛り上がるんでしょ。EF63峠のシェルパ！[*20]　とか言って」

「覚えたね、お前ね！」

「覚えちゃうわよ〜！　もう、私、先寝てるから、行ってらっしゃい！」

×　×　×　×　×　×　×　×　×　×

こうして西沢国輝、鉄道マニアは、さらにディープな鉄道マニアの影っちの待つ、駅前の赤ちょうちん「各駅停車」へ。

「おっいたいた……悪い悪い！　悪い、影っち、待った？」

「……37分……41秒……遅延」

「遅延！　お前、その懐中時計、運転士が持つやつじゃないの、JRの。へぇ、買ったの？　かぁ〜、お前凝《こ》ってやがんなぁ、本当に！　あっ、そうか悪い！　よし、おっとっとっと、乾杯！　……あ〜うまいなぁ。なんだよお前、呼び出して？　分かってんだよ。またどうせいい写真が撮れたんだろ？　え〜、京浜急行か？　なんだよ、え〜っ？ちょっと見せてみろよ。どうせ写真、見せるんだろ？」

「……見たい？」

「見たくないったって、見せるんだろ、お前……パネルにしたのかよ！　四つ切り[*21]じゃん。凄いなぁ。分かったよ、SLだ。言わなくたって分かるよ、こんなの。C11[*22]じゃなくてC12[*23]か。ということはこれ、大井川鐵道じゃなくて、あ〜分かった！　真《も》岡線《おかせん》[*24]だろ、真岡鐵道だろ？　俺、すぐ分かるんだよ」

「……常識」

「あっ、常識か。まっ、そりゃそうだよな、お前からすりゃあな。凄いなぁ。これキレイだねぇ。これ土手んところ、ば〜っと、れんげ畑になってて、ピンクの花がわ〜っと咲いてるところにさぁ、白い煙を吐いて。いいなぁこれ！　え〜、これフィルム？　デジカメじゃないの？　フィルムで撮ったの？　こんなに伸ばして、[*25]ブローニー判？　35ミリ？　あっそう。フィルム何？　[*26]フジのプロビア100F！　おい凄いなぁ、[*27]リバーサル、[*28]ダイレクトプリント、50％[*29]増感、[*30]プロラボクリエイト？　凄いなぁやることが！　へ〜っ。カメラ何だよ、オートフォーカス？　そうじゃないの、[*31]置きピン、[*32]オリンパスのOM-1！　マニアだなぁお前、往年の名機じゃないか。レンズは[*33]100ミリのF2、あれ買ったの？　凄いなぁお前、へぇ〜。……ちょっと待てよ。これあれだろ、益子《ましこ》〜北山《きたやま》間の[*34]お立ち台の所だろ？　俺さ、真岡鐵道にここんとこ行ってないけど、あすこよく知ってるけど、こんなれんげなんかバァ〜ッと一面にピンクに咲いてないよ。合成した？　[*35]フォトショップ使ったろ？　……使ってない。本当だ、フィルムだよな。おかしいなぁ？　じゃ、これどうやって撮ったの、お前？」

「……僕ね……去年……種まいた……」

「えぇ〜！　種まいたの、お前！　この写真を撮るために。お前偉い奴だなぁ、お前は。はぁ〜。よくさぁ、この柿の木が邪魔だって切り倒して、農家のおじさんに張り倒されそうな奴いるけどさ、これは農家のおじさん、そんなことしなかったろ？」

「ウフフフ、偉いって褒められた」

「そりゃ褒められるよ。でもさぁ、こんな綺麗な写真見せたらさ、新妻のなつみさん喜んだろ？　お前なぁ、あんな可愛い子と付き合ってるなんて知らなかったよ。清楚でさ、いい子じゃないか。今度、新居に行くからさ、ちょっと話させてくれよ。お前、いきなりなんだもん。俺、知らなかったよ。なっ、喜んだろ？　喜んだろ？」

「……」

「なつみさん、喜ばなかったのかよ？」

「……な、な・つ・み・さん……実家帰っちゃった……（号泣）」

「実家帰った？　お前、喧嘩したんだな。新婚のうちなんかさぁ、おままごとみたいなもんでさぁ。些細なことなんだろ？　聞いてやるよ、原因は何なんだよ？」

「話してて、もし子どもができたら、なんて名前にしようかって話になって」

「分かった。お前マニアだから、え〜っ、列車の名前を付けようって言ったんだろ。女の子だったら『あずさ』[*36]とか『はるか』[*37]とか『ひかり』とか。男の子だったら『つばさ』とか『北斗』[*38]とか、そういう列車の名前にしようって、お前、無理強いしたんだろ？」

「そんなんじゃない！　お～お～男の子だったら……」

「男の子だったら？」

「デゴイチ」

「お前バカか！　デゴイチなんてお前、人間の名前じゃないよ～！」

「でも、『彦いち』[*39]ってのがいる」

「それ落語家だよ！　冗談じゃないよお前、本当に。それだけで実家に帰るわけないんだよ。何か違う大きいのがあったんじゃないの。だってお前がバリバリの鉄道マニアだ、鉄チャンだってのは、なつみさん知ってたんだろ？」

「……うっうっ……知らなかった」

「知らなかったぁ？　お前の部屋入りゃ、すぐ分かるだろ。いきなり1・5トンもあるD51の動輪[*40]がテーブル代わりにド～ンと置いてあってさ、こっちにNゲージ[*41]のレイアウトが2畳ぐらいあってだよ、こっちに『鉄道ジャーナル』『鉄道ファン』『鉄道ピクトリアル』『鉄道ダイヤ情報』が創刊号からズァ～ッと並んでて、貨物列車[*42]の時刻表が2冊ずつドンドンドンッて置いてあって、こっちには京浜急行グッズがあってパネルがあって、制服がつるしてあって。あれは誰が見たって、コリャ鉄チャンだなって分かるじゃないか」

「……部屋には入れなかった……」

「部屋には入れなかったって、じゃあなんだよ、なつみさんと趣味でも合ったのかよ。なつみさんの趣味は？」

「日本舞踊」

「全然違うじゃないか、お前！　どうしてじゃあ結婚することになったんだ？」

「向こうのお父さんがとっても気に入ってくれて。影山さんはとっても誠意のある人だ、寡黙だけど。デートのたびに、どんなに遅くてもこんな遠くの家まで、必ずなつみを送ってきてくれる。とってもいい人だって気に入られて……」

「そりゃまぁ、お前はさぁ、誠意あるよ。寡黙だけどさ、うん。間違いないけど、なんだ、そんな遠くって、なつみさんの家はそんなに遠くなのか？　どこなんだ？」

「三浦半島の先の三浦海岸の駅のそば」

「そりゃ遠いぃなぁ〜。松戸から三浦半島の突先《とっさき》は遠いよなぁ。そんなとこまでお前、ちゃんとお前……三浦海岸ってお前あれ、駅は京浜急行だよなぁ？　……お前確か電車の中で一番京浜急行が好きだって、そう言ってるよなぁ。お前……必ず送ってったっていうのはぁ、なつみさんが大事なんじゃなくて、京浜急行に乗りたかったからじゃないのか？」

「ククククク〜……当たり」

「何が当たりだよ！　それじゃあ本当に知らなかったのか、鉄チャンだってこと？　そりゃあなぁ、お前、呆れるよ、あの披露宴だもん。お前考えりゃよさそうなもんだ。列席者の半分は普通の人なんだよ。それをさぁ、司会者だって噺家かなんか頼みゃぁいいんだよ、安くって上手いんだからさ。それをよしゃあいいのに、お前、関東鉄道研究会のOB会の副会長の中西頼んだろ。あいつお前の結婚式だからって力が入っちゃってさ、旧国鉄の東京駅の駅長の帽子かぶってさ、制服着て白い手袋してだよ。マイクだってヤフーオークションで落とした構内放送の呼び出し用の細いマイクだ。普通はねぇ、結婚式なんてのは、薫風《くんぷう》香る今日のこの佳《よ》き日に……って、そういう風に始まるんだよ。それがいきなりあいつ、なんて言ったと思う？　結婚式の第一声。あ〜業務連絡、業務連絡。それではただいまから新郎新婦が重連《じゅうれん》で皆様のもと、一番線に入りま～す。それでは皆さん、白線までお下がりくださ～い。ピーーッ！　これで始まるのかと思ったらいきなり、♪汽笛一声新橋を～！　誰がそんな曲を使うんだよ！」

「僕が決めた」

「当たり前だよ、お前。なつみさんが決めるわけないだろ。それもいいよ。祝辞が終わってあの余興！　向こうは『てんとう虫のサンバ』とか『長持唄』とか、まともなのをやってるのに、一番最初に出てきた東工大の鉄研のOB会の会長だろ？　三つ揃えのスーツ着ておもむろに『ご両家の皆様、本日はまことにおめでとうございます。それでは御両家の前途を祝しまして、これから私が[*43]ＥＤ79に牽引《けんいん》されるブルートレイン『北斗星』が、青函トンネルの[*44]竜飛《たっぴ》海底《かいてい》駅を通過する時のマネをやります！　ガチャガチャーン、ガチャガチャーン、ガチャチャーン、ビシャービシャーン、ビシャービシャーン、ガチャガチャガチャガチャーン……って、誰が喜ぶんだよ！」

「僕、嬉しかった！」

「お前は嬉しいよ。新婦側は口あんぐりだよ。その後に出てきた慶應大学の『鉄と旅の会』会長の林、若いのに紋付き袴姿で手に白扇《はくせん》持って、『おめでとうございます。ご両家の皆様、それでは私がここで御祝儀をつけさせていただきます』って言うから、これは一差し舞うのかなと思ったら『それでは私が小田急線、京王線、京浜急行、旧目蒲線[*45]、山手線、それぞれのドアの閉まる音をやります、さぁ3番目は何線でしょう』って、誰が分かるんだよ！」

「僕、みんな分かった」

「お前だけだ、分かったのは。なつみさんヘーンな顔して、新婦側はまた口あんぐりだよ。それでも最後には司会者が『新郎新婦はこれから、ヨーロッパ8日間のハネムーンにお出かけになります』って言うから、よかったと思って。それでなつみさん機嫌直ったんだろ？」

「それがそうでもない」

「だって、お前、シャンゼリゼ通りとかトレビの泉とか、セーヌ川とか凱旋門とか行ったんだろ？」

「そういうところはあまり行かなかった」

「でも、ツアーのパックでヨーロッパ8日間だって」

「ウウウ、ツアーはツアーでもこのツアー……」

「このツアーって何だよ、『鉄道ファン』じゃないか？　え～っこれ～？　なになにぃ、レールウェイライター[*46]種村直樹先生と行くヨーロッパ鉄道乗り尽くしの旅!?　全行程15000キロ！　[*47]TGVから[*48]ユーロスターまでってお前、バカかお前！　こんなんでなつみさん、喜ぶかよぉ？」

「ウウウウ……日々険しい顔になってきた……」

「当たり前だよ。それで、お前まさか、帰って新居……新居にD51の動輪を置かなかったろうな？」

「……置いた……」

「置いたぁ？　ダメだよ、お前。そんなこと……」

「だってさぁ、クニ坊んとこだって連結器置いてある……」

「それはねぇ、徐々に！　なんだよ。なっ？　いきなり動輪を置く奴があるか。俺だって1年目はさ、シャレに行き先方向板のサボを1枚、2年目は駅員の帽子、3年目は制服とか、徐々に麻痺《まひ》させていったんだよ。俺が連結器買うまでに10年かかったン。桃栗3年連結器10年って、そういうふうに言うんだよ。知らないかい、お前？」

「でも、でも僕はなつみさん大好きだから、別れたくない……」

「じゃあ、じゃあ聞くよ。聞くけどな、お前その京浜急行となつみさんと、どっちが好きなんだ？」

「ちょっと！　当たり前じゃないか！　……京浜急行」

「駄目だ、やっぱりお前は。じゃあもういいよ、お前はなぁ、もう諦めろ、なっ？　女は諦めて、俺たち鉄の星になれ、お前は！　さぁなっ、じゃあなドンドン飲むから。おばちゃん！　一番安い焼酎をボトルで持ってきて！　そう、『SL無宿』っての、それ持ってきて、つまみは『碓氷峠セット』。さっさっさぁ、じゃあ飲もう！　かんぱ～い！」

×　×　×　×　×　×　×　×　×　×

「あ〜、遅くなっちゃったぁ。帰ろ帰ろ帰ろ！　あ〜酔った酔った酔った」

「ウッウッウッ……クニ坊、もう帰る？」

「帰るよぉ、明日あるんだから」

「じゃ、じゃ、じゃあ……クニ坊さよなら」

「いいよお前、今日はうちに泊まれ」

「……いいの？　……泊めてくれる、昔みたいに？」

「泊まれ泊まれ。お前ひとり帰ってな、寂しくって、明日の朝、京浜急行と心中なんてぇことになると大変だから、うちへおいで」

「じゃあ連結器、見せてくれる？」

「見せてやるよ」

「じゃあ2人で久しぶりに、シロクニ[*49]の重連で行っていい？」

「いいよ！」

「じゃあ僕車掌、クニ坊運転士。じゃあ行くよ。（号泣しながら）C62重連で『特急つばめ』出発、ボ〜〜ッ！　シュ・シュ・シュ・シュ・シュ・シュ、シュッシュッシュッシュッシュッシユッシユッ……♪運転士は君だ、車掌は僕だ、あ～とのみんなはキセルのお客」

「何だ、キセルのお客って！　変な歌だなぁ～」

「♪ハイシドウドウハイドウドウ、ハイシドウドウハイドウドウ」

「それお前、金太郎だろ！　どうなってるんだ」

「♪花嫁は夜汽車に乗って、売られていくの～」

「売られるやつがあるかよ！　もう少し景気よくやれよ～！　♪ダ～ラ～ッ、ダ～ラッダ～ダラ～～！（A[*50]列車で行こう）」

「シユッシユッシユ」

「♪ダァ～、ダラダダダダ、ダダァ～」

「ポ～～ポ～～！」

「♪ディ～ディ～ディッディ、ディディ～……」

「パァッラッポッポッパァッポ～ポパァッラララポ～（トランペットの真似で）!!」

「お前は[*51]川柳《かわやなぎ》川柳《せんりゅう》か！　大丈夫かお前、本当に。着いた着いた、着いたよ」

「あっ本当だ！　あ～っ、踏切ある～！　いぃなぁ～このボタン。カンカンカンカン！

遮断機上がった、あ〜いいなぁ〜！」

「さぁ着いた着いた。お〜い、シロクニ重連到着！」

「あの、夜中だから迷惑かけちゃあ……」

「いいんだいいんだ、誰もいないのかぁ〜！」

「パパ、お帰りでしゅ」

「おぉ、ツバサ、まだ起きてたのか！」

「起きてました」

「お前偉いなぁ、え〜！　ツバサお前、駅長の帽子かぶって制服着て、笛までぶらさげて。ツバサお前、やっぱり鉄道が好きだったんだな！」

「ピ〜〜〜〜ッ!!　他のお客様にご迷惑ですから、下車願います」

（注）＊1　つばさ……昭和36年（1961）から上野〜秋田間を走った特急列車の名称。平成4年（19

92）山形新幹線の開業で、新幹線の名称に。
＊2　**キハ58系**……キハ58系気動車。昭和36年誕生のディーゼル車。急行列車として全国で使用。
＊3　**舞鶴線**……京都府綾部市の綾部駅〜同府舞鶴市の東舞鶴駅間を結ぶＪＲの路線。
＊4　**紀勢線**……紀勢本線。三重県亀山市の亀山駅〜和歌山県和歌山市の和歌山市駅間を結ぶＪＲの路線。
＊5　**津山線**……岡山県岡山市北区の岡山駅〜同県津山市の津山駅間を結ぶＪＲの路線。
＊6　**ヘッドマーク**……鉄道車両などの最前部に取り付けられる標識。
＊7　**ＥＦ81**……旧国鉄が昭和43年から製造した電気機関車。改良を重ね、ＪＲ各社で長距離の寝台や貨物列車で使用。
＊8　**シングルアーム**……2本に分かれた従来の菱形に比べ、構造がシンプルで空気抵抗が少ない〝く形〟のパンタグラフ。現在はこちらが主流となりつつある。
＊9　**ＳＬの砲金プレート**……銅合金の一種で、かつては大砲の砲身に使われたことからガンメタルと呼ばれ、日本語表記で「砲金」を命名。その砲金で作られ最前部に付けられたプレート。
＊10　**Ｃ57、貴婦人**……昭和12年誕生の蒸気機関車。細いボイラーのため、スタイルの良い女性に例えられたというが、愛称の由来は複数あり。シゴナナとも呼ばれる。
＊11　**「あさかぜ」**……昭和31年に誕生した、東京と九州を結ぶ夜行特急列車。その豪華さから殿様列車とも呼ばれた。ブルートレインの先駆け。
＊12　**「富士」**……昭和4年、東海道本線の特急列車として誕生。昭和30年、東京駅〜大分駅間の寝台特急列車に命名された。平成21年に廃止。

＊13　**「さくら（櫻）」**……大正12年（1923）に運行開始した東京〜下関間の特急列車に対し、昭和4年に命名された列車名。のちに「あさかぜ」に続く長距離寝台特急列車にも命名、現在は、山陽・九州新幹線の列車名になっている。
＊14　**サボ**……サインボードの略。
＊15　**五代目柳家小さんの狸の絵**……五代目柳家小さんは、小ゑんの師匠。大正4年生まれ。昭和の落語を支え、温厚な人柄で多くの弟子を育て、落語協会会長としても尽力。落語界初の人間国宝に認定された。生涯滑稽噺一筋で、また自宅に剣道場を持つほどの剣道好きとしても有名。平成14年没。色紙を頼まれると、よく狸の絵を描いた。
＊16　**三遊亭円生の蝋燭の炎**……六代目三遊亭円生。明治33年（1900）〜昭和54年。昭和の名人と謳われた落語家。蝋燭の炎は、五代目小さんの狸同様、円生が好んで描いた題材。
＊17　**第十一代目小海線野辺山駅駅長小机次郎**……実在の駅長。目黒区祐天寺《ゆうてんじ》にある「カレーステーション・ナイアガラ」店内に張られていた日本全国の駅長のサイン色紙の中から、小ゑんが発見した。
＊18　**0系**……0系新幹線。昭和39年、東海道新幹線開業から運行開始した初代車両。平成20年に営業運転を終了した。
＊19　**青春18きっぷ**……JR線の普通列車が一日乗り放題となる、期間限定の特別企画乗車券。春休み・夏休み・冬休み時期に発売される。5枚セットで、ひとりで使っても2〜5人で使ってもよい。普通列車・快速列車の普通車自由席に使用可能。
＊20　**EF63峠のシェルパ**……現在は廃止されたが、信越本線横川《よこかわ》駅〜軽井沢駅間の碓氷《うすい》峠（109頁の注参照）の急勾配を登るため造られた専用の補助機関車。山登りの手助けをすることから「シェ

ルパ」の愛称が付けられた。

＊21　**四つ切り**……写真サイズで25・5センチ×30・5センチ。

＊22　**C11**……昭和7年から製造された蒸気機関車。大井川鐵道、真岡《もおか》鐵道、ＪＲ北海道にて現役で活躍中。

＊23　**C12**……昭和7年から製造された、小型軽量の蒸気機関車。

＊24　**真岡線**……真岡鐵道。昭和63年に栃木県と沿線自治体との第三セクター運営で再スタートした元国鉄線。茨城県筑西市の下館駅～栃木県芳賀郡の茂木駅間を結ぶ。平成6年から蒸気機関車を運行。

＊25　**ブローニー判**……１２０または２２０サイズフィルムなどの画面サイズ。35ミリ判よりも大きいフィルムなので、写した写真の再現性は格段に優れる。

＊26　**フジのプロビア１００Ｆ**……リバーサルフィルムの中でも、プロ写真家からの信頼も厚い、富士フイルムの高性能スタンダードフィルム。

＊27　**リバーサル**……通常のネガフィルムと違い、再現力に富み、解像度も高いが、正確な露出補正が要求されるため、プロやハイエンドアマチュアが使う。

＊28　**ダイレクトプリント**……プリントをする際、ネガを作るインターネガ方式ではなく、直接プリントする方式。一度ネガを作らない分、オリジナルフィルムにより近い画像を得られるが、高価で、より正確な撮影が要求される。

＊29　**増感**……増感現像。光が少ない被写体、動きのある被写体等を、使用フィルムの感度（ＩＳＯで表示される）の適正シャッター速度より速いスピードで撮影した場合に、フィルムの現像時間を長くして感度を上げてもらう方法。フィルム感度に応じた現像よりも、より明るく、より精度よく描写

される。現像所で「増感」を指定するとプロ気分になれる。

＊30　**プロラボクリエイト**……手作業によって写真を仕上げる現像所。クリエイトは銀座、新宿、大阪に店舗を持つ有名店。

＊31　**置きピン**……動きの速い被写体撮影の際、あらかじめあるポイントにピントを合わせておき、被写体が来た時にシャッターを押すテクニック。

＊32　**オリンパスのOM-1**……昭和48年、当時の世界最小最軽量の35ミリ一眼レフとして登場し、堅牢さと快適な操作性を兼ね備え、交換レンズを始めとした多彩なシステムが一世を風靡。今なお根強いファンを持っている。

＊33　**100ミリのF2**……OMシリーズの交換レンズの中でも、今でも高値がつく名品。

＊34　**お立ち台**……撮り鉄の定番撮影ポイント。

＊35　**フォトショップ**……アドビシステムズが販売する画像処理編集ソフト。デザイナー、カメラマンには欠かせないソフトだが、大変高価なことでも有名。

＊36　**「あずさ」**……中央本線を走るJRの特急列車。昭和41年に運行開始した。

＊37　**「はるか」**……JR西日本が平成6年、関西国際空港の開港に合わせて運行開始した特急列車。

＊38　**「北斗」**……函館～札幌間を走るJR北海道の特急列車。昭和40年運行開始。

＊39　**「彦いち」**……林家彦いち。昭和44年生まれの、落語協会所属の噺家。新作落語や独自のアレンジを加えた古典落語で人気。極真空手の段持ちでアウトドアも本格派。

＊40　**動輪**……蒸気機関から直接力を受ける車輪。動輪同士が横棒（主連接棒）で繫がっている。SLを横から見た時、一番目立つ大きな車輪。

*41 Nゲージ……レールの幅が9ミリの鉄道模型。

*42 貨物列車の時刻表……貨物時刻表。社団法人鉄道貨物協会が年1回発行している貨物列車専用の時刻表。撮り鉄に愛読者が多い。

*43 ED79……昭和61年に、青函トンネルを通過する列車の牽引機として登場。「北斗星」「カシオペア」「トワイライトエクスプレス」急行「はまなす」の牽引に利用。

*44 竜飛海底駅……青森県東津軽郡にある、青函トンネル内の駅。一般旅客の利用はできない。

*45 旧目蒲線……『鉄道戦国絵巻』の注参照（32頁）。

*46 種村直樹……昭和11年生まれ。新聞記者からフリーライターに転身。鉄道に関する著作多数。

*47 TGV……『鉄道戦国絵巻』の注参照（33頁）。

*48 ユーロスター……1994年に開業。ドーバー海峡の海底トンネルを利用して、イギリスとヨーロッパを結ぶ高速鉄道。

*49 シロクニ……C62形蒸気機関車。昭和23年に誕生し、東海道本線、山陽本線、東北本線などの主要路線で活躍した蒸気機関車。

*50 A列車で行こう……デューク・エリントン楽団のテーマソング。A列車はニューヨークの地下鉄A線のこと。

*51 川柳川柳……昭和6年生まれ。落語協会所属の落語家。軍歌や懐メロを高座で歌いまくる。寄席では軍歌やジャズを取り入れた漫談『ガーコン』やジャズと義太夫《ぎだゆう》の掛け合いとなる『ジャズ息子』のどちらかをやることが多い。酒の上の逸話は無数。

恨みの碓氷峠

「さぁー着いたぞ、ツバサ。ここが碓氷峠[*1]だ」

「パパー、パパー、わぁー煉瓦造りのめがね橋[*2]だ。ここ、アプト式[*3]の電気機関車が通ったんだよね、アプト式が。こっちが軽井沢でこっちが横川でしょ。すごいな、あっちは『あさま』[*4]が通ったんだよね、パパ」

「そうだ、すごいだろう」

「あっ！　すごいカメラで写真撮ってるお兄さんがたくさんいるよ」

「そうだ。ここはなツバサ、鉄道マニアの聖地なんだ」

「あら、やっぱり。ダサいチェックのカッターシャツ着て、中間色のブルゾンにきったないリュック、ぶくぶくの腹で、暗そうな男ばかりね」

「わぁーパパ、綺麗なチョウチョが飛んでる、セミの鳴き声もする」

「こらこら、ツバサ、そっちの草むらは渓谷があるんだから危ないぞ。あんまり深入りするんじゃない」

「あっ……！　パパ！　お姉さんがこんなところに寝てるよ」

「寝てる？　そんな馬鹿な、どれ？　なんだ、頭から血を出して。こ、これは。死んでるんじゃないか。この、めがね橋の上から落ちたんだな。大変だ！」

「パパ、このお姉さん、腕に電気機関車の入れ墨してる」

「ツバサ、これＥＦ63じゃないか！」

「本当だ、すごい！　峠のシェルパだ」

「オシャレだなぁ」

「あなた、そんなこと言ってる場合じゃないでしょ。この人あの橋の上から転落したんじゃないの。早く１１０番、警察呼んで！」

「そうか、分かった！」

×　×　×　×　×　×　×　×　×　×　×

チャチャチャチャーンチャラララランチャラララン（主題歌）
「日曜ミステリー！　恨みの碓氷峠」「ＥＦ63は見た、鉄道マニアの正体！」
チャチャチャチャチャーンチャラララランチャラララン、プワァーーーーーンーーー!!（列車の通過する音）
「では、次のニュースです。本日午後2時、群馬県の碓氷峠、碓氷第三橋梁、通称めがね橋の草むらにおいて女性の変死体が発見されました。この女性は20歳前後と見られ、二の腕に電気機関車の入れ墨がほどこしてありました。警察によると死亡推定時刻は昨日、土曜の午後2時から4時、現場の状況から他殺の疑いも視野に入れて捜査を進めています。なおこの地は鉄道マニアの間では聖地とされる有名スポットです。以上ニュースをお伝えしました」

チャチャチャーンチャララランチャラララン、プワァーーーーンーーー‼


「八ッ川警部、八ッ川警部」

「どうした尾口巡査長」

「やはりガイシャは他殺のようです」

「そうか、やはり殺しか」

「はい、鑑識からの報告によりますと、ガイシャの背中に、後ろから強く押されたようなアザが確認され、また、めがね橋の上にガイシャのハイヒールの足跡と一緒に男物と思われる27センチのスニーカーの跡が発見されました」

「うーん、殺しに間違いないな。で、ガイシャの身元は?」

「それが、遺書らしきものもありません。携帯も免許、身分証明書も持っておりませんでした。ただ、ガイシャのパスにたくさんの同じ名刺が入っておりました」

「どんな名刺だ?」

「秋葉原[*5]にある『鉄道カフェ信越本線[*6]』、トレインメイド『あずさ』という名刺です」

「なんだその『鉄道カフェ信越本線』というのは？」

「どうも鉄道マニアの集まる、新手のメイド喫茶のようなものではないかと」

「バカな、そんな店があるのか」

「何しろ世の中多様化しておりますから、私は落語が好きで落語にはチョットうるさいんですが、何でも近頃は、神保町に落語オタクの集まる『らくごカフェ[*7]』という店がある時代ですから」

「まったく、世の中狂っとるな」

「しかし警部、ガイシャには、もっと重大な特徴がありました」

「何、重大な特徴？　何だそれは」

「はい、鑑識によりますと、ガイシャはニューハーフだそうで」

「ニューハーフ？　すると腕に入れ墨をしたニューハーフの殺人、どっかで聞いたことがあるなぁ。これは先日起こった、長野の殺人と犯人は同じじゃないのか？」

「いや、でも、あっちは人魚の入れ墨、こちらは電気機関車、嗜好《しこう》が違いすぎるのでは？」

「そうか、それより聞き込みだ！　尾口君、これからすぐにアキバへ行って、その鉄道カフェだ」

「ハイ」

×　×　×　×　×　×　×　×　×　×

こうして、警視庁捜査一課の凄腕刑事、八ッ川と尾口巡査長は秋葉原へ。

「警部、にぎわってますねぇ」

「ああすごい人通りだな」

「警部、安くなりましたねぇSDカード、16ギガが850円ですよ。1テラの外付けハードディスクが8000円ですよ。うわぁっ、青色発光ダイオード」

「そんなことはどうだっていい、それよりどこだ鉄道カフェは」

「あそこです。踏切に看板が付いてます。ああ、ココだ。『鉄道カフェ信越本線』」

「地下か、ココを下りていくんだな」

「なんだか不安だなぁ。おっ、自動ドアがある。なになに『御乗車の方はここを押してください』。警部、これ車掌がドアを開ける時のドアスイッチですよ。一度これ押してみたかったんだよな、よし、ガチャン」

「プッシューゥ」

「駆け込み乗車にご注意ください。ドア閉まりまーす」

「プッシューゥ」

ピーロリロピーロリロピロリロリロリロリ。

「なんだか山手線に乗ったみたいですね」

「ご乗車ありがとうございます（敬礼する）。信越本線へようこそ」

「なんだ。ピンクの制服着た可愛い女の子の車掌が出てきた」

「お客様、ご乗車何名様ですか？」

「2人だ」

「お2人様ですか。では入場券おひとり様300円になっております。ハイ、ありがとうございます。では2番ホームへお入りください。こちらでございます。ピー！（笛の音）　白線までお下がりください」

「本当だ。白線が引いてある」

「こちらへどうぞ」

「2番ホームって、ただテーブルに2番って書いてある。2番テーブルじゃないのか」

「でも、すごいな周《まわ》り。鉄道関係のモノがやたら飾ってありますね。列車のヘッドマーク、[*8]方向幕、運転士のブレーキハンドル、こっちはノッチブレーキ。おっ、SLの砲金プレート、C57貴婦人のだ。懐かしいなぁ、この乗車券箱。[*9]硬券だ。いいなぁ。自動販売機じゃないんだよ、人間がやるんだ。目黒、武蔵小山、[*10]西小山、矢口渡《やぐちのわたし》、[*11]鵜《う》の木。目蒲線のだ。これは、切符に日付を打つ[*12]ダッチングマシン、[*13]菅沼乗車券日付印字機。菅沼だ。[*14]改札ばさみ。警部、どちらまで？」

「何遊んでいるんだ。君は落語マニアじゃなかったのか？」

「いや、チョットガイシャのことを調べてる間に、鉄道が好きになってしまいまして」

「喜んでる場合じゃないだろう」

「ガターンゴトーン、ガタンゴトン、ガタンゴトン、ガタンゴトン」

「なんだと思ったら、警部、カウンター席見てください。吊り革がぶら下がっていて、いい大人がそれにつかまって『ガタンゴトン』って大合唱して揺れてますよ」

「どうなってんだ。ココの客は」

「ガタンゴトン、ガタンゴトン。次は日本で一番長い駅名『南阿蘇水の生まれる里白水《はくすい》高原駅』[*15]でございます。ガタンゴトン、ガタンゴトン」

「マニアックな話をしているなぁ」

「警部、この壁に付いている手すり、懐かしいですね。昔の山手線のドアの手すりですよ。ホラ、揺れるのでおつかまりくださいって書いてあります」

「揺れやしないだろう」

「えー、コーヒーにウーロン茶、コーラにジュースはいかがですか、お弁当にサンドイッチもございます」

「あれ、ワゴン押した車内販売のお姉さんが来ますよ、ピンクのミニスカートの制服、いやぁ、なんか『アンナミラーズ』[*16]行ったみたいですね」

「感心してる場合じゃないだろう。尾口君、君、何飲む？」

「じゃ私、アイスコーヒーを」

「君、アイスコーヒー2つ」

「ありがとうございます。ではこちらでいいですね？　ジョージアですけど」

「なんだよ、缶コーヒーか」

「当たり前でしょ、警部。車内販売なんですから」

「ココは室内だ」

「では、缶コーヒー、出発進行！　シュッシュシュッポッポ、シュッシュシュッポッポ。美味《おい》しくなーれ、美味しくなーれ。シュッシュシュッポッポ、シュッシュシュッポッポ。愛情注入、愛情注入！　2番線に入りまーす、危険ですから白線までお下がりください。ポーッ。はーい到着」

「大変だなぁ、コーヒー飲むのも」

「でもなんだか嬉しくなってきちゃいましたよ、警部」

「喜んでる場合じゃないだろ。聞き込み聞き込み」

「あ、そうでした。あの、お姉さん、チョット聞きたいんだけど」

「ハイ。何か？」

「この、写真の女の子、知らないかな？」

「これ、トレインメイドのあずさです」

「えっ、やっぱりココで働いているコかい？」

「じゃ知ってるんだね」

「ええ、土・日と休んで今日来る日だったんですけど、無断欠勤で、来てないって店長困ってました」

「やはり……」

「で、あずさってコに、彼氏なんかいたのかなぁ」

「彼氏？　さぁ、よく知らないです。彼女あまりしゃべらないおとなしい子だったから」

「じゃ、お客の中でしつこくつきまとってた人とかいなかったかな」

「それは、人気あった子だから、もうお気に入りのお客様はずいぶんいたわ。そう、中でも影山[*17]さんて方とはよく話してたみたい」

「影山？　その客はいつ頃来るんだい」

「ええ、今、ちょうど来てますよ、ほらあそこのカウンターで人一倍大きく揺れている方です」

「違うよ、ガタタンゴトトンじゃないだろ、三軸ボギー車[*18]の音はガタタン、ゴトトンだろ。これはね国鉄マイテ49形展望客車[*19]、国鉄ＥＦ62形直流電気機関車[*20]もそうだったんだよ、いいなぁ……マイテ展望車だよ。ガタタン、ゴトトンだ」

「なんか、ディープな話してますね」

「ひるむな、尾口、当たってみろ」

「任せてください、警部」

「ガタタン、ゴトトン、ガタタン、ゴトトン」

「君、君」

「臨時停車」

「影山君だね」

「は、はい、何か御用ですか？（オタクっぽい顔）」

「君、ちょっと聞くが、碓氷峠と聞いて思いつくことがあるだろう」

「ああ、う、う、碓氷峠、う、碓氷峠は鉄道マニアの聖地、信越本線が通っていたんだ。日本国有鉄道最大の難所として最大勾配66・7パーミル[*21]、1893年の開業時からラック式鉄道の『アプト式』を採用してたんです。アプト式です。こう、車軸の真ん中に歯車が付いているんです。それで、1934年からはED[*22]42形電気機関車による運転が行われていたんだ。で、第二次世界大戦後、国鉄は、アプト式を廃止し粘着[*23]運転へと方針転換し、それによって開発されたのが、EF[*24]60をベースにした、あのEF63なんです。峠のシェルパといわれたEF63です。ああ、あの、協[*25]調運転、重連で横川から軽井沢へあさま・白山《はくさん》を押して上げていく峠のシェルパ。それを、JRになって、JR東日本が新幹線をグルッと通し、横川を迂回してしまったんだ。お陰で、聖地碓氷峠は廃線となったんだ。あああ。EF63、峠のシェルパを返せ、戻せ、ああ、うう」

「君、興奮しないように、私の聞き方が悪かった、『碓氷峠と聞いて思いつくことがあるだろう』というのが君にはいけなかった、では、ずばり聞くが、君、あずさを知っているだろう」

「『あずさ』は由緒正しい中央本線の特別急行です。『♪8時ちょうどのあずさ2号で……』（大声で歌う）。でも、8時にあずさ2号が出ていたのは昭和53年までで183系のあずさです。現在はE351系のスーパーあずさ5号なんですよ。それに……」

「イヤそうじゃなくて、君。ココで働いているトレインメイドのあずさって娘の話だ」

「ギクッ」

「知ってるんだろう」

「ええ、まぁ」

「彼女はね、殺されたんだよ」

「ああ、そうなんですか」

「君、ちっとも驚かないなぁ。怪しいな、君」

「いえ、びっくりしました、本当に。やり直します、モトイ！　えっ本当ですか？（わざとらしく）」

「わざとらしいんだ、君は。じゃ、聞くがな。一昨日《おととい》の土曜日、君は碓氷峠に行っただろう、それも彼女と一緒に」

「いや、いや、行っていません、そんな碓氷峠なんて、そんなところ見たことも聞いたこともありません」

「今、あれだけウンチクを言っていたじゃないか」

「いや、アレは常識で、日本国民の8割は皆知っていること」

「馬鹿なことを言うな。じゃ、聞くがなぁ。君は一昨日何処《どこ》へ行っていたんだ？　午後の2時から4時の間何していたんだ、会社は休日だろう」

「あっ、そうです。休みだったから、ひとりぶらりと、電車に乗って大好きな」

「碓氷峠に行ったんだな？」

「いえ、寄席に行ったんです」

「寄席？　なんで鉄道マニアの君が寄席なんかに行くんだ？」

「寄席も鉄道もとってもよく似てるんです」

「どこが？」

「どちらも、チケットを買って入ります」

「当たり前だろう。誰が謎掛けをやれって言った」

「でも、ボクこの頃落語が好きになっちゃって、本当に一昨日の土曜日は寄席に行ってたんです」

「寄席に？　言っておくがなぁ、私は落語には詳しいぞ、じゃ、誰のファンなんだ？言ってみろ」

「キョ、キョウタロウです」

「また、いいところを突くじゃないか、若手の有望株だ、柳家喬太郎[*26]だな」

「いいえ、西村京太郎です」

「そんな奴が寄席に出るか、寄席に！」

「でも本当に寄席に行ったんです」

「じゃ、どこの寄席だ、言ってみろ」

「『浅草演芸ホール[*27]』です」

「『浅草演芸ホール』、寄席演芸の本場じゃないか！　でも証拠はないだろ」

「たしか財布の中に半券があると思うんですが、あっ、ちょうど残ってました。これです（わざとらしく）」

「本当か？　うん、日にちも打ってある。なるほどこの間《あいだ》の土曜だ……。でもな、こんなものその寄席の前へ行けば落っこちているだろう。拾ったのかもしれないじゃないか」

「ああ、あの当日のプログラムもココに」

「これは、このシンプルな紙の二つ折り、『浅草演芸ホール』に間違いない。9月上席《かみせき》、落語協会の興行か。でもな、いいか俺は落語には詳しいんだ。いいか、あそこは『鈴本』*28や『池袋』*29の下席《しもせき》と違って昼夜入れ替えナシだ。流し込みと言うんだ。ということは、このプログラムはなぁ。昼夜兼用なんだ。だから夜席に行ってもコレはもらえるんだ。2時から4時のアリバイにはならない、どうだ」

「でも、ボ、ボクは本当に12時半頃入って昼のトリまで聞いて出てきたんですから」

「では、聞くがな、芸人はどんなネタ、いや出し物をやっていた？　俺は落語には詳しいんだ。楽屋にはな、ネタ帳というのがあって、それを調べれば本当かどうか分かるんだ」

「そんなの、よく覚えてません。僕、素人ですから、演題なんて」

「でも、少しは覚えているだろう。筋とか、どんな噺だったか」

「そう、確かこの川柳川柳って人はガーコン、ガーコンっていうのをやってました」

「それはいつもやるんだ！　川柳は。ほかにないのか？　覚えてるのは」

「あっ、そうです。この三味線の＊30紫文《しもん》っていうのは長谷川平蔵」

「それも同じだ！」

「＊31紋之助《もんのすけ》ってのはコマ回してました」

「当たり前だろ。曲ゴマって書いてあるんだから」

「でも、本当に僕は昼席に行ってたんです」

「それじゃあ、影山さん。あなたが浅草演芸ホールの昼席にいたという証拠にこの3時頃出ている＊32雲助《くもすけ》はどんな話をしていたんだね。昼席にいたのなら覚えているだろう」

「えーと雲助、雲助ってあの、子どもだか大人だか分からないような」

「そう、あのトッチャンボウヤのような」

「分かります、五街道雲助。福助の人形のような」

「そうそう」

「えーと、ネタは、なんか縁起担ぐ噺で、『上田ノボル』『いい名前だ』とか『あがーる』『金庫ごともってこい、金庫ごと』ってヤツ」

「それは『ざる屋』[*33]だ、先代馬生《ばしょう》[*34]譲りだなぁ。あのネタはあまり他の人はやらないからなぁ。まんざら嘘でもなさそうだ」

「八ッ川警部、どう思います」

「うーん、アリバイが１００パーセント確実とは言えんな」

「とりあえず、影山さん、あなたは重要参考人として署まで来てもらおう」

「そんな、私は、何も知らないんです」

「それとも、このことを君の会社に話をしてもいいんだがな」

「それは困ります。なんとかそれだけは」

「それじゃ、協力してくれるね。悪いようにはしないから」

×　×　×　×　×　×　×　×　×　×

こうして、明くる日。

「八ッ川警部」

「どうした？　何か判明したことがあるのか」

「はい。ガイシャと影山の関係が分かりました」

「そうか」

「はい。やはり影山はガイシャのあずさに大金を貢がせていました」

「そうか」

「総額五百数十万だそうです」

「それを全て、遊興費に使ってしまったのか」

「いいえ、影山は非道な男です。ガイシャが惚れていたのをいいことに、それを全て鉄道模型につぎ込んでいたようです」

「なんという冷酷な男だ！」

「ええ、鉄のように冷たい奴です。おそらく奴は、その金の返済を迫られ、あずさを殺害したと思われます」

「しかし、アリバイが」

「大丈夫です、私が見事それを暴いてみせます。八ッ川警部、見ていてください」

「そうか、お手並み拝見といこうじゃないか」

「はい、任せてください」

「ガチャッ」

「影山、お前のアリバイは崩れた」

「でも私は、本当に土曜の昼、『浅草演芸ホール』の昼席を見たんです。それが証拠に雲助の『ざる屋』聞きました。『金庫ごともってこい、金庫ごと』」

「それはもういい。いいか影山。今、落語協会に電話して確認したんだ。そうするとな、古沢という熊本なまりの強い女が出てきてな、調べてくれたんだ。先週の土曜、『浅草演芸ホール』の昼に雲助は出ていない」

「えっ……」

「その時間はな。代演で馬生[*35]が出ていた。2人は、まるで違う顔つきだ。間違えるわけはない。芸風も違いすぎる。その上、お前が言った川柳も紫文も紋之助も他に仕事があって代演だったんだ。いいか、雲助はなぁ、昼夜交代して夜の7時半に出ていたんだ。どうだ、お前は昼間、碓氷峠であずさを殺し、そこからJRバスで軽井沢に出て新幹線

『あさま』で上野まで1時間強、そこから『めぐりん』[*36]に乗り、浅草、そして『演芸ホール』の夜席を見て半券とプログラムを手に入れアリバイを作ったんだろう」

「そんな、刑事さん、そんなことありません。僕は浅草の昼席で本当に雲助を見たんです。第一おかしいじゃないですか。それだけ寄席で代演が多いなら、別にプログラムを刷り直すでしょ」

「いや、寄席というところはそんな無駄なことはしない。別にプログラムを刷るのは『鈴本』と『池袋演芸場』だけなんだ。どうだ影山、お前がやったんだろ！　いいかげん吐いたらどうなんだ」

「ワァーッ（泣く）。刑事さん、わっ、私があずさをやりました」

「やはり、金の返済を迫られたのが動機なんだろう！」

「違います、金なんて。私は、本当に好きだったんです。あずさを。それがゲイだったなんて、ああ」

「それじゃあ、ニューハーフだと知らなくて付き合っていたのか」

「私は愛していたんです。そうです。それが、急に。ゲイだなんて、ああ」

「ということは、彼女はそれを君にカミングアウトしたんだな」

「いいえ、最後まで隠していました。もし、言ってくれたらこんなことには。あずさ許してくれ……」

「じゃあ、なぜニューハーフだって分かったんだ」

「それは、あずさがお昼に横川駅で食べたんです……」

「横川駅で何を食べたんだ？」

「峠のカマ飯」[*37]

（注）＊1　**碓氷峠**……群馬県安中市松井田町と長野県北佐久郡軽井沢町にまたがる峠。ドイツのハルツ山鉄道を参考にアプト式を取り入れることで、明治26年（1893）、横川〜軽井沢間が開通。平成9年（1997）には長野新幹線開通と入れ替わりに同区間が廃線となった。
＊2　**めがね橋**……碓氷第三橋梁。明治25年完成の、碓氷峠を代表する建造物。国内最大級の煉瓦造りの橋。その形から「めがね橋」と呼ばれている。国の重要文化財。
＊3　**アプト式**……レールの中央に歯形のレールを敷き、車体の床下の車軸に装着した歯車を噛み合

わせて急勾配を登るラック式鉄道の一種で、2〜3枚の歯形レールをずらして敷き、安全性と耐久性を向上させた。大井川鐵道井川線も採用している。
＊4 **「あさま」**……それ以前も使われていたが、昭和41年（1966）から信越本線の特急列車に命名され、現在は長野新幹線に使われている。
＊5 **秋葉原にある鉄道カフェ**……実際にあるのは、萌え系の鉄道居酒屋「LittleTGV」など。地下鉄人形町駅近くには、鉄道ムード満点のカップ酒&缶詰バー「キハ」がある。
＊6 **信越本線**……群馬県高崎市の高崎駅〜安中市の横川駅間、長野県長野市の篠ノ井《しののい》駅〜新潟県新潟市中央区の新潟駅間を結ぶJRの路線。
＊7 **「らくごカフェ」**……千代田区神田神保町の「神田古書センター」5階にある、落語をテーマにしたカフェ。落語会も連日催され、若手中心に出演。フラリとお茶を飲みに来る芸人も多い。
＊8 **方向幕**……行き先、運行区間、路線名が書かれた幕。電車やバスの正面や側面に設置されている。巻物のように回転してその表示が変わるが、近年はLED表示のものが増えてきた。
＊9 **硬券**……硬い厚紙で作られた乗車券。ロール紙の券売機の登場で、一気に激減。
＊10 **西小山**……品川区小山にある、東急目黒線の駅だが、東京メトロ南北線、都営地下鉄三田線が乗り入れる。小ゑんの出身地。
＊11 **鵜の木**……大田区鵜の木にある、東急多摩川線の駅。先々代小ゑんに当たる、立川談志師匠の住まいがあった。落語会も開かれる落語色の濃い駅。
＊12 **ダッチングマシン**……乗車券に日付を印字する機械。鉄道少年憧れのマシン。かつてはデパートの食堂の食券売り場でも使われていた。

＊13　**菅沼乗車券日付印字機**……「菅沼」はダッチングマシンの製造メーカー。当時は菅沼タイプライター、現在は株式会社スガヌマ。
＊14　**改札ばさみ**……改札鋏《ばさみ》、パンチともいう。自動改札機の出現で激減した。
＊15　**南阿蘇水の生まれる里白水高原駅**……熊本県阿蘇郡南阿蘇村にある、南阿蘇鉄道高森《たかもり》線の駅。鹿島臨海鉄道大洗鹿島線の「長者ヶ浜潮騒はまなす公園前駅」とともに日本一読みが長い駅名の王者。
＊16　**アンナミラーズ**……ミニスカートにエプロン姿のウェイトレスが一世を風靡したファミリーレストラン。アメリカンスタイルのパイやケーキが有名。現在は品川駅前の高輪店のみが営業中。
＊17　**影山さん**……『鉄の男』『幸せの石』と小ゑん落語には欠かせないオタクキャラの苗字。
＊18　**三軸ボギー車**……車体とは別個に回転する台車（軸で繋がれた2組以上の車輪がセットになった装置）を備えた車両をボギー車といい、ひとつの台車に3組の車軸が付いた車両をいう。
＊19　**国鉄マイテ49形展望客車**……昭和13年に誕生した展望車。『鉄の男』に登場した「富士」（82頁の注参照）などに利用された。
＊20　**ＥＦ62形直流電気機関車**……ＥＦ63とともに昭和38年、碓氷峠越え列車の牽引車両として誕生した電気機関車。
＊21　**パーミル**……千分率。勾配を表す単位としても使われ、1000メートルあたりの高低差を示す。66・7パーミルは1000メートルあたり66・7メートルの高低差があるという意味。
＊22　**ＥＤ42形電気機関車**……昭和9年に碓氷峠越え用に製造されたアプト式電気機関車。
＊23　**粘着運転**……ラック式鉄道（アプト式のようにレール以外の補助機能を備えた走行システム）に対して、通常の車輪とレールの摩擦力による駆動方式の鉄道を、粘着式鉄道と呼ぶ。

＊24　ＥＦ60……昭和35年に誕生した、小型軽量で出力のある電気機関車。貨物や寝台特急などに利用された。

＊25　協調運転……2両以上の動力車で運転すること。碓氷峠などで行われていた運転法。

＊26　柳家喬太郎……昭和38年生まれ、落語協会所属の噺家。三遊亭円朝ゆかりの古典からファンキーな新作まで幅広いネタを持ち、実力も兼ね備えた当代の人気者。年齢に似合わぬ太っ腹な体型から、小ゑん落語ではしばしばオタク体型の見本として登場する。

＊27　「浅草演芸ホール」……台東区浅草にある定席《じょうせき》の寄席。場所柄観光客や団体客が多く、いつでも混んでいる。階上には多くのコメディアンを輩出した「フランス座」というストリップ劇場があったが、現在は「東洋館」という演芸場になっている。

＊28　「鈴本」……鈴本演芸場。『都電物語』の注参照（54頁）。

＊29　「池袋」……池袋演芸場。昭和26年オープンの定席の寄席。池袋西口の歓楽街の真ん中にある都内最小の寄席で、しかも現在はビルの地下にあるので、最もマニア度が高いと言われる。

＊30　紫文……柳家紫文。昭和32年生まれ。三味線方として歌舞伎座も務めたという三味線漫談家。「長谷川平蔵が両国橋の袂《たもと》を歩いておりますと……」と始まる『鬼平市中《おにへいしちゅう》見廻り日記』が得意ネタで、高座で必ず演じる。

＊31　紋之助……三増《みます》紋之助。昭和38年生まれ、曲独楽《ごま》師。いつも満面の笑顔で高座に立ち、焦りまくりながらも見事にコマ回しをするという特異なキャラ。

＊32　雲助……五街道《ごかいどう》雲助。昭和23年生まれ、落語協会所属の噺家。廓《くるわ》噺、芝居噺、圓朝《えんちょう》物を得意とする本格派だが、時にとぼけた滑稽噺で寄席を沸かせる、個性的な口跡を持った手練れ。

＊33　『ざる屋』……ざるを売り歩く男が、縁起を担ぐ株屋の主人に、上る、昇る、跳ね上がると縁起のいい言葉を並べ立て、ご祝儀をたんまりもらう噺。雲助の師匠、先代馬生が得意にしていた。

＊34　先代馬生……十代目金原亭《きんげんてい》馬生。名人・古今亭志ん生の長男として昭和3年に生まれる。穏やかでいぶし銀の高座スタイルで、同業者からも愛された噺家。書画はプロ級。酒を愛し、惜しくも昭和57年に病没。

＊35　馬生……十一代目金原亭馬生。昭和22年生まれ、落語協会所属の噺家。若旦那然とした容姿に、踊りの名手であることから所作も美しく、明るく上品な高座を見せる。鹿芝居（噺家が演ずる芝居で、主に歌舞伎のパロディー）には欠かせぬ存在。

＊36　「めぐりん」……台東区が運営するコミュニティーバス。3系統が15分おきに運行。運賃は100円だが、やたら遠回りし、ちょこちょこ止まるので、急ぐ移動手段には向かない。

＊37　峠のカマ飯……「おぎのや」の峠の釜めし。信越本線営業当時は横川駅の名物で、現在も不動の人気を誇る駅弁。容器の土鍋がトレードマーク。

鉄道落語対談——東京編

柳家小ゑん×古今亭駒次

鉄道落語が生まれる時

小ゑん（以下、小）　僕はさ、もう鉄道オタクが好きで、見てると面白いの。伊豆（修善寺《しゅぜんじ》）の温泉宿だっけ？　前に子どもを連れてってね。小さな子が鉄道模型の運転をやりたいって言って待ってるのに、いい大人が兄弟そろって必死でやっててさ、譲ってやれよ！って思うんだけど、山のように自分のNゲージ持ってきて……。

駒次（以下、駒）　まったく大人げないですよね。

小　しょうがない人なんだけど、愛すべき人でもある。あぁこれは落語になるなと思って『鉄の男』を作ったんだ。でも寄席じゃ受けないと思って、4年くらい寄席ではやらなかった。すでに円丈師[*1]がありとあらゆるジャンルの噺を作っていたけど、あれだけ専門用語を並べるのはなかったって言われたね。ある日、「池袋演芸場」でちょっと時間があったんでやったんだ。寄席じゃ有名な桑原[*2]さんて常連さんがいるよね。凄い落語詳しいおじいさん。その桑原さんが帰りのエレベーターの中で、「私、本当のこと言うと、鉄道ファンなんです」。え～っ！ってね。「あの噺、面白いですね～！」って言われて、それじゃあってんで寄席でもやり出したんだ。

面白い落語になれば、産みの苦しみもなんのその……

駒　僕には鉄道で落語を作ろうなんて意識は、全くなかったですよ。あれは趣味の世界。東急のキャラが分かれてるってことは、何かには使えるだろうとは思ってましたけど、落語にしようという気はなかった。マクラでも話すことなかったですから。二ツ目になって、これから自分はどういう落語家になっていくんだろう？　って考えていた時にも、鉄道なんてこれっぽっちもありませんでした。たとえ新作を作っても鉄道はない、これはただ苦し紛れでポッと浮かんだだけの偶然。鉄道と落語を結びつけたのは、もうせっぱつまったっていうだけですよ。

小　新作の会は、「ジァンジァン」[*3]や「実験落語」[*4]の頃からそうだけど、ネタおろしは苦し紛れ。いつだって七転八倒。当日の朝に原稿ができて、2時間寝て本番なんていうのばっかり。3日前にできましたなんて、

幼い頃から東急に慣れ親しんだ2人。鉄道カクテルで乾杯！

そんなことはないもんね。
僕は新作を長いことやっているので、作った時点で、あ〜なんとか大丈夫かなとか、これは辛いかなっていうのがだいたい分かるんだ。これは寄席じゃできないなって。ただ『鉄の男』を作ってから、好きなことをやっている人の面白さってのはいいなって思うようになったね。だいたいさ、落語の世界では新作の地位はずっと低いし（笑）、でももうこの年だし、もういいよ、人に分からなくても、俺これ好きなんだからって、居直りめいたものがあって、それからそんな（マニアックな）噺が多くなってきたんだね。

駒　僕の場合、初演時はとんでもない緊張でした。もう二度とやらないだろうと思いましたよぉ。お客さんもきっと東急のことなんか興味ないだろう。絶対ウケないと思ってた。そしたら思ったよりは反応があった。

ん？……できるのかなって。その時に小ゑん師匠と百栄《ももえ》[*5]兄さんから、新幹線は麿《まろ》っぽくしたらいいんじゃないか、公家《くげ》みたいにって言われました。最初どの線も全部侍《さむらい》口調でやったんです。……それでこれはいけるのかも？って思いました。

小　なんとかでおじゃる〜とやったらメリハリがついて面白いんじゃないのってね。だって聞いてれば、あぁ駒次さんは池上線が好きなんだなぁって分かるの。釣り掛けモーター[*6]なんか知らなくても、演者が好きでやってると伝わるんだよ。あぁそういえばそうだ、ってのがあるじゃない？　御嶽山《おんたけさん》駅だっけ？　新幹線の上を池上線が走るってところ。知ってる人は、あぁそういえばそうだ。知らない人もふ〜ん、そうなんだってね。そういうのが武器になる。ただ台本を書いてもらってやるのとは全然違う。

僕の場合は、下調べは結構する方で、まぁ今はネットがあるから調べるのも楽だし、まぁ本もあるし。登場させる車両も、どれがいいか考える。ありきたりじゃなくて、ちょっと渋いかなとか。そういう設定作りを楽しむってのはあるよね。

駒　実は久《く》が原《はら》に母方の祖母が住んでたことがあって、そこによく行ったんです。ある時におばあちゃんが「ここ凄いだろ？」って御嶽山の（新幹線の上を池上線が走る）ところを見せてくれました。そんな風に『鉄道戦国絵巻』は、全部知ってることだけで作ってますんで、何かを調べたりもしませんでした。ただ知ってることを並べただけですから。

小　僕の新作でいうと『アキバぞめき』[*7]だね。あれも知ってることを並べただけ。覚えてることを思い出して喋るんじゃなくて、知ってることを話してるだけ。ただ順番だけ間違えないようにね。

落語に見る〝鉄分〟濃度

駒　僕がハッと思ったのは、師匠と僕の視点の違いですよ。『鉄道戦国絵巻』を初めてやった時、高座から降りてきた時、僕は路線名で言ってるけど、「あぁ7000系[*8]とか、そういうことじゃないんだ」っておっしゃったでしょう。形式じゃなくて路線なんだねって言われて……。

小　そうそう！　僕は乗り鉄っていうより車両の動輪がいくつあるとか、電気はどこで伝わってるんだとか、そういう機械に興味がある。

駒　僕はもう雰囲気第一です。やっぱり東横線は上から目線だな……なんて思いながら乗るのが好きなんです。

小　フフフ、なるほどね（笑）。

駒　イメージや雰囲気から作り上がる方が多いかな？　だけど作ってて僕は天才だ（笑）って思

ったシーンが、西武新宿線が池袋線にやられる場面で、「兄上の放ったレッドアローで射られました」っていうとこなんです。我ながら凄いなって思ったんですけど、いつも全然ウケない……、ウケないけど好きなんで、端折《はしょ》らずに必ず入れます、大声で！（笑）

小　『鉄の男』で自分でもいいなって思ってるのは、真岡線を撮ったシーン。ピンクのれんげの花がぱぁ～っと咲いてて、俺もあそこは知ってるけど咲いてなかったって言うと、僕が去年、種まいたって……。お前偉いなぁ！　ってところ。ここが好き。

駒　あぁ！　あそこは目からウロコでしたよ！　ホントに。

小　逆にね、撮影に邪魔で木を切っちゃう酷《ひど》い奴がたまにいるそうだよ。これはその逆の発想。そういうことが思いつくのは、色んなものを目撃してきたからじゃないかな。西大井に新幹線が見えるところがあるでしょ。撮り鉄は金網越しが嫌なんだ。ある時、普通の自動車の上に、脚立載せて撮ってる人がいたんだよ。どうやら珍しい新幹線を待ってるらしいの。5分くらい前になったら脚立に乗って、金網の上から狙ってんだよ。あ～来た来た、チャンスだなって思ったら、手前の線路からうぁ～って反対側の電車が来ちゃってさ、ちょうど撮れない！　もう端から見てもガッカリしてるのが分かるんだね。

僕は[*9]碍子《がいし》も好きなんだけどさ、[*10]ジャンパー線が好きだとか、[*11]台車のスプリング好きとか、同じマニアでも細分化しているのが面白いなぁ。鶴見線のホームと車両の隙間から、カメラのレンズ突っ込んで撮ってる人を見たことある。何がしたいんだろう？ って思うけど。

駒　確かに出かけると、色んな人や風景に出会いますよ。

小　僕の場合、鉄道落語に関しては、やっぱり用語とかディテールが気になる。でも基本は古典落語！　話芸の最高峰だからね。擬人化といったって、[12]『質屋蔵《しちやぐち》』みたいな噺もあるわけで。『あ[13]たま山』なんてとんでもない噺もあるし。テクニックの基本は、柳家小さんから教わったもので、考え方みたいなのは円丈師かな。

駒　僕も古典のストーリーを意識して使うことはありますね。『寿限無《じゅげむ》』を駅名に変えたりとか。でも普通に新作を作る時には、ストーリー展開に関しては全く使いませんけど……。

鉄チャン誕生・東京編

小　鉄道に入ったきっかけは模型。僕は西[14]小山の電気屋の小倅《せがれ》だから、とにかく電気のことや工作が好きな子どもだったんだ。気がついたら[15]肥後守《ひごのかみ》で木を削ってたから。その延長で鉄道模型好きになった。電気のことなら親父が何でも教えてくれる。その頃はO[16]ゲージだったなぁ。だけどレイアウトなんて代物じゃなくて、一重だけ。トランス[*17]は買ってくれないんだ。コイルがうちに転がってるから、それで作れ！みたいなね。交流24ボルトだったかな？　こうやって鰐口《わにぐち》クリップで挟んでさ、リード線が出ていてね、火花がパッと散ったりして。それでまぁ、HO[*18]ゲージもちょこっとやったな。台車は模型屋で買ったけど、ボール紙でボディーを作って、そんな感じだった。それから一時全くやってなかったんだけど、うちの子どもが好きになっちゃって、つられて僕もぶり返して（笑）……。子どもが喜ぶから色んな所に連れてったりさ、カメラも好きだったんで。子どもの影響でNゲージやB[*19]トレインショーティーなんていって、じゃあ作ってやるか！　ってね。レールは中古を買ってきて、配線なんかお手のものだから。

駒　僕は家が京王線沿いだったんで、最初は京王線が好きでした。実車です。その頃、明大前[*20]でエレクトーンを習ってたんですよ。で、実家がある幡ヶ谷《はたがや》から明大前に、もう5～6歳の頃からひとりで電車に乗って通ってましたから。うちの父親の親戚が東急の沿線にみんな住んでまして、よく僕が遊びに行ってた叔父が大井町線の緑が丘にいたんですが、池上線の石川台に引っ越したんです。それでもうバカはまり！　緑[*21]のデハなんとかってのが走ってて、釣り掛けモーターのやつで、あの音が大好きで大好きで。今考えるとどこか性的な興奮を覚えていたと思います。何となくこの辺がもやもやっと来る（笑）。小学校低学年頃、その車両が来るまで待って、それで叔父さんの家に行ってました。

小　そうか、僕も目蒲線の西小山だから、青ガエル[*22]とか、あの辺でしょ？

駒　でも僕、青ガエルはあまり好きじゃないんです。あれって扉の窓が高いんですよ。上にちょこっとしかなくて、小さな子どもは外が見えない！　だから（笑）。

小　ハハハハッ。僕らはおたふく電車って言ったんだよ。僕はどこかに行くといったら目蒲線。でもね、電車自体よりメカ。戸袋窓を覗いたりね。戸袋窓の電車が好きなんだ。あとは一番前に座ってね。目黒の駅にはポイントがあって、あれを見るのが好きだったなぁ。

駒　だって師匠は、戸袋《とぶくろ》窓の落語も作ってるから……。

小　『トニノリ』[*23]っていう山手線103系[*24]の噺。作った時に気がついたんだけど、もう山手線には戸袋窓がなかった……（笑）。でも子ども心に、戸袋覗くのが好きだった。あぁここがこういう風にクランク[*25]になってるんだ、ってね。

駒　あ〜ありますよね、子どもって。メカといえば、僕は車掌スイッチが好きでしたね。「交通博物館」にありましたけど、あの独特の重みというか、窓の中で火花がピッと散って……。

小　こんなスプリングがあってね。

駒　ですから落語が好きになるより、鉄道好きの方がずっと早かったんです。落語は大学からですからね。もちろん落語が面白いのは知ってましたけど、もの凄い興味を持っていたわけじゃないです。父親が真打ち共演を録ったテープを持ってて、米丸[*26]師匠の『貰《もら》い風呂』と、てんやわん[*27]やさんの漫才と、小猫[*28]時代の猫八先生。こればっかりをず〜っと聞いてましたね。そんな程度。

小　別の意味でマニアックだねぇ（笑）。僕はもうちっちゃい頃からね。うちのじいさんが落語好きで、僕はじいちゃん子だったから。電気屋だからテレビはあったし、その頃は寄席中継もいっぱいあって。金園《きんえん》社の落語全集かなんか持ってたかな。「なんでしやう」なんて旧かなで書いてあるけど、全部ルビがあるから読めるの。「そちゃ（粗茶）ってなぁに？」って聞くような、嫌な子どもだった（笑）。でも寄席に連れて行くとかはなかったけどね。

落語と鉄道の歴史的な出合い

小　鉄道を扱った落語っていえば、有名なのは右女助《うめすけ》[*29]師匠だったかな、『出札口』[*30]。全部駅を言う。

駒　梅團治[*31]師匠の『切符』に近いですね。

小　僕らが子どもの頃、右女助師匠の売り物だった。テレビでやると、画面の下にテロップが出たんだ。それが東海道や東北本線や、何パターンかあったよ。その言い立ての面白さ。あとは

噺家に欠かせぬ地方公演は、鉄道写真が撮れる絶好のチャンス

[32]『猫と電車』とか、[33]蔵之助《くらのすけ》がやるんじゃないかな？　僕も[34]前の文治《ぶんじ》師匠に、教わったわけじゃないんだけど、一緒に名古屋へ行った時、そういう噺があるんですってねって聞いたら、車内でず～っとやってくれてね。

駒　あとは小噺ですね。汽車が開通した時の噺で、志ん朝師匠もやってたんですけどね。「乗ったかよ」「乗ったよ」「凄いんだよ、速くて。建物が飛んできたり電柱が飛んできたり、それをうめぇこと避けやがるんだよ」っていう。今でもやってる人がいますよ。

小　この頃、[35]清磨《きよまろ》兄さんも東急関係の噺をしてるね。

駒　[36]『東急駅長会議』。あとは[37]志の輔師匠の[38]『みどりの窓口』くらいですかね。生活に密着した存在なんですから、もうちょっとあってもよさそうですけどね。

小　[39]先々代の文治師匠で、『好きと恐い』って噺があって。チンチン電車で、隣に座った女の人がもたれてくるのが好きだなんての。『南瓜《かぼちゃ》[*40]や』で四代目小さんが「お前の馬鹿は慢性[*41]の馬鹿だ。『次は須田町』」って、もう誰も分からない（笑）。五代目は「お前の馬鹿はかちかちに固まった馬鹿だ……セメント馬鹿って変えたんだ」って言ってましたけどね。

駒　円蔵《えんぞう》[*42]師匠も『火焔太鼓《かえんだいこ》』[*43]でやりますね。お腹《なか》がすきすぎちゃって、おへそのゴマが背中をつっつくよ、チンチン、次は須田町って……。

小　もう須田町は分からないね。

寄席ではできなかった新作落語

駒　師匠が『鉄の男』を作った時は、もう小さん[*44]師匠は……。

小　ずいぶん前に亡くなっていたね。でも例えば『ぐつぐつ』[*45]を作った時には言ってくれた。「突拍子もない噺だけど、あれは情景が浮かぶからいいんだよ」って。落語は情景が浮かぶのが一番なんだから。だからどんなジャンルの噺を作る時も、努めてそうなるように作っている。

駒　うちの[*46]師匠はもう「勝手にやれ」「好きにやれ」って、それだけです。僕は前座の時から「プ[*47]ーク」に出させていただいてたんですけど、面と向かって新作をやるって言うとダメだって言われると思ってました。二ツ目になってからにしろって。だからその時には「円丈師匠の会に行ってきます」と言ってましたね。そうすりゃ「円丈師匠＝新作」なんで、これで許可を得たことになるだろうって勝手に解釈して……。

小　でも僕は駒次さんが新作をやり始めた頃はそんなに知らなくて、[*48]宮家の噺を聞いて、あぁやるんだなって。僕の頃はもう前座の時は古典一本。新作に市民権がなかったから。今だってあるとは言えないかも（笑）。この手の新作は寄席では難しい時代だった。

駒　僕たちがこうして新作ができるのは、師匠方が本当に戦ってこられたお陰です。

東京の鉄系落語事情

駒　鉄な噺家は僕ら以外にもいますよ。[*49]柳朝《りゅうちょう》師匠はブルートレイン好き。[*50]時松《ときまつ》兄さんは乗り鉄で、お酒も温泉も大好きですしね。

小　[*51]三之助《さんのすけ》は車と飛行機。あとは[*52]遊雀《ゆうじゃく》、彼は乗り鉄。『鉄の男』をやっている時、客席に夫婦がいたりすると、奥さんが旦那を肘でつついてるのが高座から見えるわけ。「あんたと同じじゃないの！」って言いたいのかなって。鉄道ファンは凄い人口だよ。

駒　どこかのポイントで頷いているお客さんが必ずいますね。回を重ねているような落語会で鉄道の噺をやると、いつも打ち上げにいるお客様で「実は鉄道ファンなんですよ」って名乗り出ること、多いです。『鉄道戦国絵巻』も、沿線によって反応が違うんですよ。東横線の人は、いかにも東横線な感じ。池上線の人には「どうも取り上げていただいてありがとうございます」みたいに言われたり。蒲田ではいまいちウケません（笑）。

小　東急[*53]で一番古いのは目蒲線なんだけどね。田園調布だって目蒲線のものだった。それを東横線が取ったんだもの。

駒　それを自覚して欲しいですね（笑）。

小　だって目蒲線は東京都内で完結してる路線でしょ。僕が住んでる西小山だってさ、昔、西小山温泉[*54]っていうのがあって、ちょっと箱根まで足を延ばすのは大変だな、どっか近場にないかなっていう場所が西小山だった。

駒　郊外電車ですね。

小　友達の家が沿線にあってね。今ほどにきちっとしてなかったから、そいつの家の庭の生け垣をくぐると、線路に出られるんだ。レールに釘を置くと、ぺっちゃんこになって手裏剣《しゅりけん》になる。もちろんこんなこと、絶対やっちゃいけないんだけどね（笑）。

駒　うちの父親もやってたって言ってましたよ（笑）。

小　昔は西小山から一直線で洗足《せんぞく》の駅が見えた。だから、あ〜電車が来た来たって思うと、荷物電車だったりね。貨物じゃなくて荷物。あれって郵便物だったのかな？　だから初期の『ぐつぐつ』で「緑色の3両編成の電車が滑るようにホームに入ってきた。西小山〜、西小山〜」って入るんだ。もう目蒲線は好き嫌いを超えた存在。子ども心にステンレスカー！　未来だ！ってね、東急が最初でしょ？

駒　そうです。あの時代に凄いですよねぇ。格好よかったでしょうね。

小　うん、格好よかった。でも湯たんぽみたいだったけど（笑）……。僕なんかだと、目蒲線が茶色い時、それから青と黄色になって、それから緑。

駒　池上線も最後は青と黄色でしたね。

小　奥沢《おくさわ》の駅、車庫になってるじゃない。ドクターイエローみたいなのがあるんだよ。それが時々停まってる。目蒲イエローだって！（笑）　あれは試験車みたいだね。

駒　不思議な色の車両ですね。

愛すべき鉄道路線と車両

小　落語も鉄道も、基本的にオタクっぽい人は似てるけど、鉄道の場合、乗り鉄はある程度、社会性がないとね。うちの子どもを見てても、乗り換えだとかなんだとかって知らない人との関わりが必要じゃない？　逆に落語マニアの方が、ひとりで来て、ひとりでメモしてみたいな人が多いのかなぁ？　でもどんなジャンルでも、知識は負けちゃいけないみたいなのはあるね。まぁ天文が一番暗いかな（笑）。

駒　僕もよく乗りに行きますけど、同じ趣味の人と行くことはあまりないです。気を遣わずひとりで行くのが好きです。噺家は地方の仕事も多いから、乗る機会が多いのはありがたいですね。

小　そうだよね。旅の時、僕は必ずってわけじゃないけど、時には事前に調べてさ。僕は星空落語も作るから星関係の仕事も多いでしょ。そういうイベント場所って、大自然の真っただ中にあることが多いんだ。この間も、陸別《りくべつ》にある銀河の森天文台[*55]に行ったよ。もちろん、ふるさと銀河[*56]線も運転してきたよ。

駒　僕は飛行機が嫌いなんで。できれば鉄道で移動したいんですが、まだ若手なんで言えないですねぇ。若手同士とかだと、帰りだけ別ルートで帰らせてもらえるけど。

小　僕もあまり大回りはしないけど。前に博多へ行った時、行きは飛行機、帰りはブルートレインってこともあった。最高！　寝台車はいいよね！　子どもと一緒に0泊3日とかね。やっぱり贅沢な旅だもの。「銀河」[*57]だったかな？　大船《おおふな》辺りに来ると、向こうのホームでサラリーマンがネクタイ締めてたりね。こっちは浴衣でね。

駒　優越感ですよね！　最高ですよ。

小　家族でも乗ったし、ひとりでも乗ったっけ。あと山形も毎年行くけど、立石寺《りっしゃくじ》、山寺へ行って、仙山《せんざん》線でね。今年はもう行くところがなくなっちゃって……。あの読めないローカル線、なんだっけ？

駒　あてらざわせん（左沢線[*58]）！

小　左沢線に乗って、[*59]慈恩寺《じおんじ》で十二神将《しんしょう》を見てきた。僕もちょっとじじいになっちゃって、仏像も好きなの。帰りに危うく乗り遅れそうになったけど、1本逃すと2～3時間来ない（笑）。でも楽しいよ。基本的に僕はローカル線が好きなんだ。あとはデキ[*60]、そして寝台車かな。

駒　僕ももちろんローカル線も好きですけど、都市の私鉄が好きなんですよ。浜松なら[*61]遠州《えんしゅう》鉄道とか。都市で頑張ってる、地元の人を輸送してる普通の私鉄。遠鉄《えんてつ》デパートなんかもあったりし

ジオラマを前にすると、一瞬にして鉄道少年に逆戻り

て。ほかには福島の飯坂《いいざか》電車とか。

小　東京の電車なら、103系……。あぁもうないか(笑)。あの手の203[62]とか、中央線を走ってた201[63]。僕はどうしても模型とか車体とかが気になる。電気機関車とかも好きだな。[64]尾久《おく》の操車場、あぁいうところがいいね。御殿山《ごてんやま》[65]の跨線橋からいっぱい見えるところがあるんだ。ちょうど「原美術館」のところへ行く、狭い跨線橋。あそこへ行くとね、何本くらい見えるんだろ？　昔、広角カメラを作った時に、試写で、一度に何台すれ違うかってのに挑戦したことがあるよ。[66]下《しも》御隠殿橋《ごいんでんばし》もそうだよね？

駒　はい、そうですね。この間北品川で仕事があったんで、八ツ山橋んとこで撮ってたんですよ。そしたら[67]馬治《うまじ》兄さんからメールが来て、勝手に撮るんじゃねえ！って。たまたま通った電車に乗ってたらしいんですよ。わっ凄いですねぇって返事して、また撮ってたら、時松兄さんからも、今、撮ってたでしょ?ってメール。また乗ってたらしいんですよ(笑)。
あと、東京近郊なら鶴見線ですね。どうしたって、東京のそばの秘境みたいな。初めて乗った時はビックリしました。

小　*68海芝浦《うみしばうら》……。1回降りたら1時間半くらい電車が来なくて……。あと、*69国道《こくどう》駅もいいよね。昔の昭和風情たっぷりで。

駒　安善《あんぜん》の駅から海の方へ歩いていくと、引き込み線があって、米軍の給油所みたいなのがあるんですね。オイルタンクの貨物が入っていったりして、そこで給油してるみたいで。いいですよ、あの辺。道の脇をディーゼルが走ってて……。
僕は昨日、一昨日と秋田に行ってきたんです。男鹿《おが》半島の付け根にお寺があるんですが、その境内のお墓の間を男鹿線が走ってるんですよ。

小　へ～、面白れぇなぁ……。

駒　そこで昔はよく、お墓参りの人が事故にあったそうですよ。だけど鉄道に乗って現実のものを見に行って、あぁこれは題材になるなって思ったことがないんですよ。ホント、ただ乗ってるってだけ……。

小　本当に好きだと、これをネタにとか思わないんだよね。例えば落語を題材にってのも、なんか内輪ウケみたくなりそうで、それが嫌で作らないし。

駒　師匠の場合は、本当にマニアックな視点ですよね。僕も鉄道の落語を作るから、よく鉄道マニアの落語を作るって紹介されるんですけど、僕のは全然マニアじゃないんですよ。鉄道を使った物語っていうような感じですね。

小　そういや大宮の「鉄道博物館」でも、駒次さんと一緒にやったよね。あと「黒門亭」[*70]で梅團治さんが来た時。あれ以来、鉄道落語の会はやってないかな？

2人が広げる鉄道落語の世界

小　今ね、こういう部屋を作ってるんですよ（と取材掲載誌の写真を見せる）。Nゲージの90×230（センチ）、ここが真空管アンプ。スピーカーもみんな高校生の頃に作ったやつ。ニコンの12センチの、展望台で100円入れて見られるみたいな双眼鏡。でももう家族はあきれて誰も入って来ない。カミさんなんか、ここは物干しにいいわねって。

駒　そうそう師匠、前はジオラマを天井に吊って……。

小　子どもがＥＦ63が重連で、「あさま」が全車両直線で停まらなきゃ嫌だって言って（笑）。置くところないから天井に吊ったんだ。

駒　僕は高座にジオラマを持ってきた最初ですよ。でも僕は師匠みたいに作り込むんじゃなくて、売ってるものを置いて、人間を置いて、物語を作るのが好きですね。

小　僕もゼロから作るのは大変だから、買ってきて置いたりするんだ。１００円ショップでブラシ買って、改良して樹木を作ったりね。

駒　完成したらじ〜っと見ながら、次のを作りたいなぁ……って。でもカミさんに止められたりね（笑）。今は棚の上の方に収納してしまって。今度は横に場所を取らないやつを考えてんですよ。10連続スイッチバック[*71]みたいな感じでね、上に登っていくんですよ。

小　箱根登山鉄道を模して作ったたっていうの、見たことあるよ。

駒　そこにお役所が便利な道路を造ろうってことになって、鉄道の存続が危ぶまれたんですけど、お役所仕事なんで、ろくに調べずに造っちゃって、急過ぎて誰も登れないから鉄道が残ったっていう（笑）。そういうレイアウトにしようと思って……。

小　Ｚゲージ[*72]とか、小さいのもあるしね。でもジオラマって、できあがっちゃうとテンションが下がっちゃう（笑）。

駒　僕もこのくらいの大きいやつ（インタビュー会場の「バー銀座パノラマ新宿店」のジオラマ）、作りたいですよ。このくらいのサイズなら、走らせる楽しみがありますからね。僕のはカーブがきついので、1両しか走らせられないんですよ。だから夢ですね。

小　僕のは3番線まであって、3車両を走らせることも、1本にしてエンドレスにすることもできる。リバースにもできるし、それをコンピューター制御にすれば世話がないんだけど、やっぱりつまらないっていうか。自分でポイントを変えたりするのが楽しいんだ。この間も知り合いからきれいなブレーキハンドルをもらってさ。

駒　うらやましい！

小　どこに飾ろうかと思ったんだけど、ジオラマの山の上に置いて、ケースで囲って、地元ではあそこには神がいるって……（笑）。

駒　鉄道の聖地みたいな。

小　そう！　そういう風にしようと。

駒　一席できそうですね、ジオラマの男！

小　ハハハハ（笑）！　僕が今やってる、鉄道にかなり傾倒した落語っていうと3本なんだけど、駒次さんは？

駒　僕は今やれるのは7～8本。今はこれを中心にやっていますんで。あとは必ず2カ月に1度自分の会をやっていて、その中の1本は必ず鉄道落語を入れてます。それと、木村万里さん[*73]プロデュースの「渦」ってお笑いイベントの、鉄道系お笑いの日に合わせて作ります。

小　駒次さんは本当に詳しいからさ、秘境駅[*74]の噺とか作ってもらいたいな！

駒　一度ミステリー仕立てで作ったことがあるんですよ。『カカシ』っていうのを。北海道の最果ての架空の駅を舞台にして。3日に1本しか列車が通らないという駅で、駅員として派遣されるんです。あまりに寒い、海も近い、そしてカカシしかいない……。で、どんどん頭がおかしくなってきて、火をおこそうにも燃やすものがない。カカシが人格を持ち始めてしまってっていうような……。秘境駅、やれたらいいですね。

小　僕なんかが作ると、家族で行くって話になって、またお父さん！　って怒られて。予行演習だって、庭で寝袋に入って寝るみたいな。

駒　僕は師匠には、レイアウトを作るドキュメンタリーみたいなのを作ってほしいですね。

小　レイアウトの中に入っちゃうみたいなの、面白いね。中の人物になっちゃう。

駒　そうですね、いいですねぇ！

小　ほら、接着剤が甘いんだ、ここ！　みたいなの。

駒　ジオラマの男（笑）。

小　まぁ僕らが常に思ってるのは、今までにないパターンのものを作りたいなってことだからね。でもここへ来て鉄道落語の盛り上がりは急激だよね、駒次くんが一生懸命作ってるせいもあるけど。これから触発される人が出てくるかもしれない。

駒　違うジャンルの鉄道落語が生まれるかもしれませんね。でも僕は地域限定じゃない、日本中どこでもできる噺を作りたいです。鉄道の周辺をテーマにはしているんだけど、誰が聞いても心に残るような噺ですね。マニアックな噺は小ゑん師匠にお任せして……（笑）。いや、僕もそういうのは好きですが。もちろん鉄道の楽しさは分かってほしいです！

小　僕はさ、「鉄道博物館」では落語会をやったけどさ、その手の博物館は日本各地にあるから、全国で落語をやりたいね。確かに僕が作る噺はマニアックなんだけど、鉄道用語云々よりも肝心なのは、そういうマニアックな人の面白さ。別に知識がなくても、そういう人って第三者から見て面白い。僕の落語はお年寄りでも分かるようにできているって、言われたことがあるから。だから普通に一般の人の方が楽しめるんじゃないの？　逆にマニアだと、あそこが違う！とかさ、対抗意識を持っちゃったりさ（笑）。でも僕自身もマニアだから、マニアの気持ちは分かる。だから題材は無限！　じゃあ何を作りたいって言われると咄嗟《とっさ》に答えられないけど、ほら、いつも締め切りが迫ってきて、せっぱつまって作るから（笑）。

駒　いつか真打ちになって、寄席のトリを務める時、10日間鉄道落語ができたら！　……夢ですねぇ。いや、必ずやります！

小　どんな時も自分が楽しめる鉄道落語を作っていきたいね。

（注）＊1　**円丈**……三遊亭円丈。昭和19年（1944）生まれ、落語協会所属の落語家。現代の新作落語のパイオニアとして、多くのネタを作り、実験落語をはじめとして画期的な落語会を企画して、還暦を過ぎた現在も意欲的に創作活動を続ける。多くの新作派に絶大な影響を与え、師と慕う者も多い。小ゑんとは無限落語に続き、落語会「にゅ」を主催。

＊2　**桑原さんて常連**……どの寄席にもお気に入りの席を持ち、知っている人はその席に絶対座らなかったというほど、寄席と落語と芸人を愛した人。お客からも芸人からも慕われ、平成21年に亡くなった時には、演芸情報誌「東京かわら版」に訃報記事が載ったほどの落語ファン。黒門亭主催・落語クイズ王初代チャンピオン。

＊3　「ジァンジァン」……渋谷公園通りの山手教会の地下にあった劇場「渋谷ジァンジァン」。時代

を先取りするような演劇やイベントが数多く催され、平成12年（2000）に惜しまれつつ閉場した。
＊4　**「実験落語」**……円丈師匠主催により昭和53年から「ジァンジァン」で行われた新作落語の会。現代の主だった東京の新作落語家のほとんどが出演している。終了後は応用落語と名を変え、池袋文芸坐地下にあった小劇場「ル・ピリエ」でより進化した。
＊5　**百栄**……春風亭百栄。昭和37年生まれ、落語協会所属の噺家。古典落語のみならず新作落語にも精力的に活動。独特の髪型とテンションの高座姿で、特異な存在感を放つ。
＊6　**釣り掛けモーター**……車輪同士をつなぐ車軸に軸受けを介してモーターの一端をのせ、もう一端は台車の枠で支えたシステム。加速時のズ～ンという重低音が魅力。
＊7　**『アキバぞめき』**……変わり果てた秋葉原に失望して病床についた電機メーカーの会長を立ち直らせるため、自社倉庫の2階に、会長が慣れ親しんだ秋葉原の街並みを再現するという噺。道楽息子の吉原通いを止めさせるため、家の2階に吉原の町を再現するという『二階ぞめき』のパロディーでもある。
＊8　**7000系**……昭和37年に日本初のステンレスカーとして登場した東急の通勤型電車。
＊9　**碍子**……電気を逃がさずに電線と支柱や鉄塔などを結びつけるとともに、電線のたるみを防ぐ絶縁体の器具。
＊10　**ジャンパー線**……車両同士の電気回路を接続する太いケーブル。車両の連結器周辺に弛ませて接続された何本もの太いパイプ状のもの。
＊11　**台車のスプリング**……車体と台車を支えるバネ。枕バネと呼ばれ、乗り心地を安定させる役割がある。

＊12　『質屋蔵』……質屋の倉庫で質草《しちぐさ》となった品物が相撲を取り始めるという古典落語。

＊13　『あたま山』……さくらんぼの種を飲み込んでしまった男の頭から桜の木が生え、最後には自分の頭に飛び込んで身を投げるという、シュールで荒唐無稽な古典落語。

＊14　西小山……『恨みの碓氷峠』の注参照（110頁）。

＊15　肥後守……戦前からある折りたたみナイフ。

＊16　Oゲージ……レールの幅が32ミリの鉄道模型。

＊17　トランス（変圧器）……交流電圧の高さを変換する電子装置。

＊18　HOゲージ……レールの幅が16・5ミリの鉄道模型。欧米では最も愛好者が多い。

＊19　Bトレインショーティー……バンダイから発売されているNゲージ化できる鉄道模型だが、車両の長さが短い。価格帯も安いために人気があり、鉄道会社の限定モデルも多い。

＊20　明大前……世田谷区松原にある、京王線、京王井の頭線が乗り入れる駅。駅のリニューアルで、井の頭線吉祥寺方面ホームにあった「無事湖」という洒落たネーミングの池がなくなったのが残念。

＊21　緑のデハなんとか……東急3000系（初代）。昭和初期から製造され、改良を重ねてきた東急の車両。釣り掛けモーターを使用。田園都市線宮崎台駅にある「電車とバスの博物館」で展示されている。ちなみにその車体では車内放送もできる。

＊22　青ガエル……昭和29年から製造されたデハ5000形の愛称。渋谷駅のハチ公前に展示されている東急線の車両。いつかハチ公前ではなく、青ガエル前と呼ばれるようになってほしいものだ。

＊23　『トニノリ』……山手線のドアの戸袋に挟まった焼き海苔をめぐる、抱腹絶倒の鉄道オタク系新作落語。

＊24　103系……昭和38年に登場した、昭和40〜50年代を代表する国鉄の通勤型車両。

＊25　**クランク**……回転運動を往復運動に変える、またはその逆のシステム。この場合は、モーター駆動でドアの開閉をするアームのことを指す。列車に戸袋があった時代は、窓からクランクが覗けるものもあった。そのすき間には、意外に大きなゴミがはさまっていたりした。

＊26　**米丸**……桂米丸。大正14年（1925）生まれ、落語芸術協会所属の噺家。現役最長老の噺家だが、持ち前の明るく軽妙な語り口は年齢を感じさせない。元落語芸術協会会長。新作落語一筋の人。

＊27　**てんやわんや**……獅子てんや（大正13年生まれ）、瀬戸わんや（大正15年生まれ、平成5年没）が、昭和27年に結成した漫才コンビ。高度成長期に一世を風靡し、東京漫才の雄として君臨。

＊28　**小猫時代の猫八先生**……昭和24年生まれの、動物の声帯模写芸人。平成21年に父親の名であった四代目江戸家猫八を継ぐまでは、小猫の名で親しまれた。妹の江戸家まねき猫は落語芸術協会に所属し、兄同様声帯模写をする。

＊29　**右女助**……三遊亭右女助。大正14年生まれの、落語芸術協会に所属していた噺家。新作落語を多く手がけ、『出札口』が大ヒットした。平成19年没。

＊30　**『出札口』**……東京駅の切符売り場で、ある男がどこまで行くか忘れてしまい、駅員が東海道線の駅を並べ立て、山陽本線から鹿児島本線まで言い、東北本線から函館本線、宗谷本線まで言わされる。

＊31　**梅團治師匠の『切符』**……梅團治は185頁のプロフィール参照。『切符』は186〜197頁に収録。

＊32　**『猫と電車』**……漫画「のらくろ」で有名な田河水泡《たがわすいほう》が作った落語。校長先生に子猫を押し付けられた用務員が、動物を乗せてはいけない路面電車に隠して持ち込んで起こる騒動。

＊33　**蔵之助**……二代目橘家蔵之助。昭和32年生まれ、落語協会所属の噺家。爆笑派の円蔵門下にあ

って、明るい芸風できっちりした高座を務める。

＊34　**前の文治**……十代目桂文治。大正13年生まれ、落語芸術協会に所属していた噺家。滑稽噺を得意とし、常に客席を沸かせ続けた。普段でも着物姿で江戸言葉を大切にし、昨今の言葉の乱れに苦言を呈するのが、いつものマクラだった。平成16年没。

＊35　**清麿**……夢月亭《むげつてい》清麿。昭和25年生まれ、落語協会所属の噺家。円丈、小ゑんとともに、現代新作落語の草分けのひとり。眼鏡をかけた実直な教師のような顔をして、マニアックな噺を展開する。

＊36　**『東急駅長会議』**……東急沿線の全駅長が集まり、駅の名前や境遇に関する愚痴が炸裂する新作落語。

＊37　**志の輔**……立川志の輔。昭和29年生まれ、落語立川流所属の噺家。テレビでもお馴染みの人気者。古典はもとより、独自の視点で捉えた新作落語の評価も高い。

＊38　**『みどりの窓口』**……みどりの窓口で年寄り夫婦が、無理難題のコースの切符を次々要求する新作落語。

＊39　**先々代の文治**……九代目桂文治。明治25年（１８９２）生まれ。稲荷町《いなりちょう》（現台東区東上野）の長屋に住み、本名が高安留吉《たかやすとめきち》なので、留さんの文治とも呼ばれた。昭和53年没。

＊40　**『南瓜や』**……ちょっと足りない与太郎を心配し、おじさんが唐茄子売りの商売をさせるが、とんでもない失敗をやらかす滑稽噺。

＊41　**慢性**……慢性と万世を掛けた。万世橋は、東京都千代田区秋葉原近くの神田川に架かる橋。戦前は国鉄時代の中央本線の駅があった。と同時に都電の停留所があり、繁華な駅として栄えた。今も甲武鉄道の駅の跡が高架線上に残っている。

＊42　**円蔵**……八代目橘家円蔵。昭和9年生まれ、落語協会所属の噺家。前名だった月の家円鏡《えんきょう》時代

から当意即妙な語り口で、テレビやラジオの人気者となる。田河水泡の猫シリーズの第1弾にして最も有名な『猫と金魚』など、滑稽噺を得意とする。

＊43 『**火焔太鼓**』……商売の下手な道具屋の主人が仕入れてきた汚い太鼓の音色が、通行中のお殿様の耳に入り、驚きの結末を生む爆笑古典落語。昭和の名人・古今亭志ん生の十八番。

＊44 **小さん師匠**……『鉄の男』の注参照（83頁）。

＊45 『**ぐつぐつ**』……屋台のおでんが鍋の中で喋り出すという、昭和56年に発表した小ゑん初期の作品。他の噺家にも演じられる新作落語の定番。

＊46 **うちの師匠**……古今亭志《し》ん駒《こま》。昭和12年生まれ、落語協会所属の噺家。海上自衛隊出身という異色の経歴を持ち、昭和の名人・古今亭志ん生の存命する最後の弟子。ヨイショ六段を自認し、弟子まで褒める。

＊47 「**プーク**」……現存する最古参の人形劇団プークの本拠地である「プーク人形劇場」。新作落語の会がよく開かれ、いつもとは全く違うタイプのお客が集結する。

＊48 **宮家の噺**……『お世継ぎ狂騒曲』。自分を皇族だと思い込む駄菓子屋のおやじが繰り広げる一大騒動の噺。とっても優しいお客様の前でしか演じられないというレアネタ。

＊49 **柳朝**……六代目春風亭柳朝。昭和45年生まれ、落語協会所属の噺家。爽やかな好青年といった風貌から、若旦那が活躍する噺が似合う。

＊50 **時松**……三遊亭時松。昭和51年生まれ、落語協会所属の噺家。二ツ目。若手にもかかわらず、いかにも噺家然とした容姿と、実直な高座スタイルが、どこか古風な雰囲気を漂わす。

＊51 **三之助**……柳家三之助。昭和48年生まれ、落語協会所属の噺家。飛行機好きは有名で、三遊亭遊雀との共著で「オールフライトニッポン」などもある。

＊52　**遊雀**……三遊亭遊雀。昭和40年生まれ、落語芸術協会所属の噺家。乗り鉄としても知られる。

＊53　**東急で一番古いのは目蒲線**……東急の前身である目黒蒲田電鉄は、大正12年に全線開通した。

＊54　**西小山温泉**……昭和初期、西小山駅開業の後、立会川《たちあいがわ》流域には多くの料亭や置屋が立ち並び、各界の人々も集まった。

＊55　**銀河の森天文台**……星空にやさしい街10選に選ばれた、北海道足寄《あしょろ》郡陸別町にある天文台。一般公開型天文台としては日本最大級の115センチ反射望遠鏡などを備える、天文マニア憧れのスポット。

＊56　**ふるさと銀河線**……路線自体は廃線になったが、陸別駅に一般客でも乗車体験、運転体験ができる観光鉄道がある。

＊57　**「銀河」**……平成20年に運行終了した寝台急行列車。東京駅〜大阪駅間を結んでいた。

＊58　**左沢線**……山形県山形市の北山形駅〜山形県西村山郡の左沢駅間を結ぶJR東日本の路線。読みにくい路線名としても有名。

＊59　**慈恩寺で十二神将**……瑞宝山《ずいほうざん》慈恩寺。山形県寒河江《さがえ》市にある古刹《こさつ》。頭上に十二支を頂いた神々の仏像は、国の重要文化財として有名。

＊60　**デキ**……車両中央に運転室を配置して凸形にすることで、従来の箱形車両に比べて製造コストを軽減した、小型の可愛らしい機関車。

＊61　**遠州鉄道**……遠州《えんしゅう》鉄道鉄道線。静岡県浜松市中区の新浜松駅〜浜松市天竜区の西鹿島駅間を結ぶ遠州鉄道の路線。単線運行で、車体カラーから赤電と呼ばれて親しまれている。走行可能なデキ型のED28が見られる貴重なスポット。

＊62　**203**……203系電車。昭和57年から運用開始した国鉄の通勤型車両。常磐線と地下鉄千代

田線の乗り入れ用として導入。

＊63　**201**……201系電車。昭和54年誕生の国鉄の通勤型車両。103系のスタイルを踏襲。

＊64　**尾久の操車場**……東京都北区のJR東日本の車両センター。撮り鉄のいない日はないというくらい有名なスポット。めったに閉まらない踏切があることでも、鉄道ファンには知られている。

＊65　**跨線橋からいっぱい見えるところ**……品川区北品川。御殿山ガーデンの庭園脇にある桜並木の坂道から第一京浜（国道15号）に向かう細い陸橋。橋の真下を多くのJRの路線が通る。

＊66　**下御隠殿橋**……JR日暮里駅北口にある、駅の東西を結ぶ橋。1日に20種類の列車が通過する、撮り鉄に人気のポイント。

＊67　**馬治**……金原亭馬治。昭和52年生まれ、落語協会所属の噺家。二ツ目。先代の大師匠・馬生師匠の大ネタにも挑戦する勉強家。

＊68　**海芝浦**……横浜市鶴見区にある、JR鶴見線の支線にある駅。駅自体が東芝の私有地なので、一般客は改札から出られない。朝夕の通勤時間帯以外は運行本数が激減する。ホームが海に面している。

＊69　**国道駅**……横浜市鶴見区生麦にある鶴見線の駅。昭和5年の開業以来、改装されていないので、ドラマや映画のロケ地としてもしばしば利用される、

＊70　**「黒門亭」**……台東区上野にある落語協会の2階で、毎週土・日に開かれる落語会。若手からベテランまで、意欲的な演目を高座にかける。

＊71　**スイッチバック**……急勾配にZ字のように敷設された線路を、前進後退しながらジグザグに登っていく方式。

＊72　**Zゲージ**……レール幅が6・5ミリの鉄道模型。

＊73　木村万里……演芸プロデューサー。落語、お笑い、演劇などに精通し、自ら「渦」というお笑いイベントを企画し、鉄道系のネタを披露する芸人を並べた会には、駒次もレギュラー出演中。
＊74　秘境駅……周辺に民家のない駅。

●協力
バー銀座パノラマ 新宿店
コの字形カウンターに配された緻密なジオラマが旅へと誘うダイニングバー。店のテーマは、「旅と鉄道・鉄道模型」。「ドクターイエロー」「鉄子の旅」など、オリジナル鉄道カクテルも多数。鉄道模型販売あり。Nゲージ持ち込み走行可能。

地下鉄新宿三丁目駅A1出口徒歩1分。

17時～翌3時（月は19時～、日・祝は～23時　＊ただし日曜が祝前日の場合は～翌3時）、無休。

東京都新宿区新宿3-31-1 大伸第2ビル9階　☎03・5363・0842

3両目

桂しん吉

昭和53年(1978)、大阪府吹田市生まれ
大阪府立東住吉高等学校卒
平成10年(1998)、故・桂吉朝に入門

かつらしんきち——古典にもオリジナルなくすぐりを入れたり、大ネタに取り組むなど、端正で才気ある高座を務める若手実力派。客席の隅々までよく通る明るい声も魅力的だ。個性あふれる書道や、高座でもときおり披露する篠笛など、素養も十分。大阪では、鉄系落語家として知られるほか、自らが笛とボーカルを担当するお囃子カントリーバンド「ぐんきち」など、多彩な活動を続けている。

若旦那とわいらとエクスプレス

原作＝大塚ジョニー　脚本＝桂しん吉

「あのうお父っつあん、用て何でんねん？」

「おう、倅《せがれ》か。ちょっとお前はんに話があんねや。実はさっき知り合いからこんなものが手に入ったんや。ちょっとすごいもんや、見てみなはれ（渡す）」

「これ何でっか？（包みを開ける）うわっJRの切符や～、『とわいらいと……』」

「そうじゃ、『トワイライトエクスプレス』[*1]じゃ。……知らんかえ？　大阪から札幌までの1495・7キロ、日本で一番長い距離を走ってる豪華寝台列車で、天気が良ければ札幌行きは、ちょうど〃日本海に沈む夕日〃が見れんねや。ほんで、この名前がついてんねやがな。２００９年でデビューして20周年を迎えたんや。で、なかなか取られへん1号車の『A個室寝台・ロイヤル』*2が取れたっちゅうてやな、わしが鉄道の旅が好きやというので、わざわざ送ってくれはったんやがな。ただ、今うちの店がこんなに忙しい時にわしだけのんびり旅行もしてられへんやろ……、これ使て旅に出たいのはやまやまやけど……、今回は涙をのんで譲ろうと思てな」

「あぁそぉ!!　ほなちょっと行ってきます。北の大地、札幌へ！」

「アホ。わしが行かれへんちゅうてんのに、倅のお前はんに行かしたりするかいな！　違うがな、これはよそさんへお譲りしようと思てんねや。お前はんには今から、ちょっと使いに行てきてもらいたい」

「えっ？　……わたいは使いに行くの？」

「そうやがな。だいたいお前はんは仕事もせんと、毎日ボオ〜ッとしてるやろがな。ちょっとは店の者を見習うて働いたらどないや。いずれはこの身代《しんだい》、お前はんに譲らんならんと思てんのに……せめて使いの用事ぐらいしなはれ。分かったな。……あのな、お前も知ってる、新大阪の浜田屋さんのご主人に譲ろうと思てな。あの人も鉄道旅行の好きな人やさかいに。浜田屋さんには常からお世話になってるさかいに、くれぐれも失礼のないように。詳しい事は手紙に書いといたさかいに……そこ入ってるやろ。切符もそこへ入れてな、『本町《ほんまち》の淀屋から参りました』ちゅうて、これをこのまま渡してくれたらええさかいな。ほたらひとつ頼みましたぞ。……ところでお前はん、新大阪への行き方は分かってるやろな?」

「へ~、新大阪。新大阪でっしゃろ? とりあえずここから難波へ出て、そこから南海電車に乗って終点で降りて……」

「ちょっと待て、おい。そんなことしたら和歌山へ行てしまうがな」

「へぇ、和歌山。和歌山から新大阪へは行けまへんかえ?」

「ちょっと待て、それはお前、古典落語の『米揚げ笊《いかき》』やがな。今はそんなことして遊んでる場合やないねやがな! 分からなんだらあんじょう尋ねなはれ。教《お》せたんねやさかい。とりあえずうちの表へ出たらこれが丼池筋《どぶいけすじ》、これを北へ行て、すぐ左に折れてまっすぐ行ったら、地下鉄御堂筋線《みどうすじ》の『本町』の駅があるさかいに、そこから『千里中央行き』に乗って新大阪で降りるねや。……ほいで、ちょっと大事なこと言うけども、『北大阪急行』[*6]の車両が来るまで待って、それに乗るねやで。阪急の子会社やから、車内のシートや壁の色が阪急っぽくて、ちょっとお得感があるさかいな。……それに乗るように。ほいでな、御堂筋線の『千里中央行き』に乗る時は、前から5両目が平日は終日『女性専用車両』になってるさかいに、乗ったらあかんで。ちなみに女性専用車には、男性でも小学校6年生以下の子どもか、体の不自由なお客さんと介護の人は乗れるんやけど、お前はんはどれにも当てはまらんさかいに乗ったらいかんで。分かったな」

「へ〜。御堂筋線の北大阪急行の車両の、『千里中央行き』の前から5両目の、女性専用車両……に乗ったらええねんな?」

「…………いや、乗ったらあかんねやっ」

「でも…………乗りたい……」

「あかんちゅうのに。新大阪着いてからお店への行き方は、その中に地図があるさかいに、それ見るねやで。ほたら早いこと行てきなはれ!」

× × × × × × × × × × ×

「こんにちは〜」

「はいはい、どちらさんで？」

「あのぉ、本町の淀屋から来たんですけど、手紙を預かって来たんですけど」

「はいはい、あんさん淀屋さんの若旦那さんやったかいな、そらまぁご苦労さんでしたな。え〜ナニナニ、（手紙を読んで、切符を取り出す）『普段お世話になってるので、よかったらお使いください』……か。え〜と、これは列車の切符かいな……、おお！　こら、『トワイライトエクスプレス』やないかいな！」

「えっ？　都会にないのエスプレッソ？」

「どんな耳してんねん。『トワイライトエクスプレス』や、知らんかえ？　大阪から札幌まで１４９５・７キロ走ってる豪華寝台特急で、天気が良ければ札幌行きは……」

「あぁ〜（汗）！　さっき親父から聞きました……よぉ分かりまへんでしたけど。ほなまぁ、きちんとお渡ししたんで失礼します……」

「あぁぁぁぁ！　……ちょっと待っとおくれ。それがやなぁ、せっかくやけどこれはちょっとウチでは今、具合悪いねや」

「えっ？　具合悪いんでっか？」

「せやねがな……いや実はな、……ウチのやつが今これで（ジェスチャーで妊娠の仕草）店もあるし、しばらく旅行は出来へんねや。せやさかい、こんなことしてもろて誠《まこと》に申し訳ないんやけども、よそを当たってくれへんかいな〜」

「はぁ、さよか、ほたらどこへ行たらよろしい？」

「う〜ん、悪いけどこの足で京都に行てくれへんかえ？　松屋さんという、うちの知り合いの呉服屋さんがあってな、ここの大将も鉄道が好きでな、こないだもＳＬの撮影のために、わざわざ熊本の人吉《ひとよし》まで車で行ってたっちゅうねや。そんな人やさかい、これあげたら喜ぶと思うねや」

「京都ですか！　遠いですね」

「そんなことあるかいな、今は近いもんじゃゃ。新快速に乗ったら新大阪から京都まではたったの25分やがな。速いじゃろ〜。……新快速というたら……昔走ってた１１７系[*7]はよかったな〜。2ドアの6両固定編成で、ゴリラ顔やったけどな。それまでの153系[*8]がボックスシートやったのが、117系から転換クロスシート[*9]になって人気が出たんや。今では湖西線《こせいせん》なんかでたまに走ってるわ、117系。知ってるかえ？」

「はぁー、ひゃく……じゅうなな系……」

「そうじゃや、覚えにくかったらイイナ・イイナで覚えたらええわ」

「アリコのCMやないですか〜」

「今では223系[*10]と225系[*11]が活躍してるけどな。そしたらこれな、大阪〜京都間が割安になってる昼特きっぷ[*12]があるさかい、これ使いなはれ。ほいで、松屋さんの地図はこれや。ほたらひとつ頼みましたぞ」

×　×　×　×　×　×　×　×　×　×

「こんにちは」

「はいはい、どなた？」

「大阪の淀屋から来たんですけども……これ預かって来たんで、どうぞ～（渡す）。停まらないと駅で漏らす、です」

「何やって～？　停まらないと駅で漏らす？　……なんじゃそら、小便ちびったような名前やな……あぁ、『トワイライトエクスプレス』やがな！」

「あぁ、それですわ」

「面白い人やな～。（手紙を読む）……なんじゃ？　お手紙が『浜田屋さん宛』になってるけども、間違いと違いますかえ？　うちは京都の『松屋』やが……」

「いや話せな分かれしまへんねん。はじめ新大阪の浜田屋さんとこへ行たんですけどね、どうやら浜田屋さんの女将さんが爆乳過ぎて（胸の前で妊娠と同じジェスチャー）、外に出ると恥ずかしいので、このたびは京都の松屋さんにお渡ししてきてほしいと言われて、持って来たんですわ」

「あぁ～そうかいな。浜田屋さんとこの女将さんが爆乳～？　……あそこの女将はそんなに巨乳やったかいな？」

「ほな、わたいの用事は済んだんで、これで失礼します」

「あ～、ちょっと待っとくなはれ。浜田屋さんの気持ちは大変嬉しいんやけど、これは受け取られへんねや」

「あら、あきまへんの？」

「いや、ちょうど先週にウチのお袋が病気で倒れてしもうて、今は女房と2人で、交替で店をやりながら面倒見ないかんのや。行きたいのはやまやまやがな、今ちょっと行かれへんので、よそを当たってくれへんかえ……」

「はあ、さよか～。ほたら、これどうしましょう……」

「せやな～、少し遠いんやけども……敦賀《つるが》まで行てくれへんかえ？」

「……敦賀……ですか？」

「ああ、行てくれるか！　女房の実家が敦賀でマキノ屋という店をやってるんやが、そこまでこれを届けてもらいたいんじゃ。頼んましたぞ。あぁ、敦賀までの行き方、分かるかえ？　分からん？　今では新快速で敦賀まで行けるようになったんじゃ、便利になったもんじゃな。今は223系と225系が走ってるが、わしは昔走ってた117系が好きやな～。ゴリラ顔でちょっとブサイクやけど転換クロスシートを採用した……」

「あのぉ、イイナ、イイナですか？」

「お〜！　そうじゃ！　知ってくれてるとは嬉しいな。ほたらこれは敦賀までの電車賃で、これが地図や（渡す）。先方にはこっちから連絡しとくさかい、頼みましたぞ」

× × × × × × × × × × ×

「え〜、こんにちは」

「（年寄りの喋り方で）はいはい、どちらさんかいな」

「あのう、お届けものがあるんですけど、これどうぞ。（渡す）止まらないほどにエキゾチックなリップスです」

「……えっ？　何かいな、そんな魅力的な唇がこの中に？」

「いやいや、そんなものは入ってないと思いますよぉ」

「あんた、なぶり[*13]に来なはったんか？　用事がないんやったら帰っとおくれ。わしは今な、京都の娘婿の店からお使いの人が来はるのを待ってますねがな。あんたの相手してる場合やないねや」

「……あのぉ、それってひょっとしたら、私とちゃいますか？」

「えっ？　なんや、あんたかいな！　あんたが大阪の淀屋の若旦那さんかいな。それやったら早よ言いなはれ。そうかいな……ほんで、さっき連絡があった時にも伝えたんやが、実は、今、うちが忙しいてな、旅行に行ってる暇はないねやがな」

「ここもあきまへんの？」

「サァサァ、で、娘婿が言うには、使いの人にそのまま福井の越前屋まで行てもろたらどうやと言うねやが、大丈夫かいな？　……あんたも『渡せませんでした』では立場もないやろうと」

「へぇ、このまま帰ったら親父にまた怒られますんで……行かせていただきます」

「そぉか、えらいすんませんな〜。敦賀から行くには、北陸本線に乗ったら鈍行でたった55分で行けるがな。サァ、福井行きの切符と地図はこれや、先方にも連絡しておくさかいに、ほたら頼みましたぞ！」

×　×　×　×　×　×　×　×　×　×　×

「こんにちは！」

「はいはい、どちらさんでっか？………あ〜、あんたが大阪の淀屋さんやな」

「あら？　わたいのこと、知ってはるんですか？」

「いや、最前連絡があってな。『大阪からのお使いの方がそっちへ行くさかい、列車の切符受け取ったって〜』ちゅうて」

「はあ、さよか〜」

「でもな、うちも具合が悪いねやがな〜。悪いけどこのまま金沢の輪島屋さんまで走ってくれへんかいな。……ああ、行てくれるか！　えらいすまんな。ほたらここに金沢までの切符と輪島屋さんの地図もあるさかい。頼みましたぞ〜」

「は〜い、お邪魔しました！」

×　×　×　×　×　×　×　×　×　×　×

「こんにちは」

「はいはい。おお、あんたが淀屋さんか」

「あっあ……はい、じゃあこれ（懐《ふところ》から封筒を出す）」

「いやいや、よう来たな。これな、せっかくやが、ウチもあかんので、これ次の切符や」

「はあ次の切符？　……次はどこでんねん？」

「切符に書いたあるわ」

「たかおか」

「そう、高岡」

「高岡……」

「そう、高岡」

「お邪魔しました……」

×　×　×　×　×　×　×　×　×　×　×

「こんにちは」

「はいはい。おお、よう来た。ほれ、次の切符や」

「え～と、富山……?」

「そう、富山や。行ってらっ……(背中をたたく)しゃい!」

「さいなら～」

× × × × × × × × × × ×

「こんにちは」

「はいこれ、次の切符や!」

「はあ、……次はどこですか?(切符を見て)なおえ……つ……」

「気ぃつけて行といで!」

「お邪魔しました～」

×　×　×　×　×　×　×　×　×　×　×

「こんにちは」

「はい、これ次の切符や」

「え〜、ながおか……？」

「はい、行ってらっしゃい〜」

「お邪魔しました」

×　×　×　×　×　×　×　×　×　×　×

「こんにちは」

「はいこれ、新津《にいつ》までの切符や」

「お邪魔しました〜」

×　×　×　×　×　×　×　×　×　×　×

「こんにちは」「はいこれ切符」「お邪魔しました」

「こんにちは」「はい、切符！」「さいなら！」

「こんにちは〜」「さいなら〜」「こんにちは〜」「さいなら〜」

……

「……はあ、はあ、はあ、はあ、しんどぉ……こんにちは。ここはどこ？　……ほんで、あなたは誰ですか？」

「誰って、あなたが訪ねて来たんでしょう。私は札幌の石狩屋の主《あるじ》ですが」

「えっ？　札幌？　ここは北海道なんですか〜？」

「そうですが、いったいあなたどこから来たんです？」

「大阪です」

「大阪？　大阪から北海道まで来たんですか？　列車で？　大変だったでしょ！」

「はい、乗り継いで乗り継いで、しかも乗る車種と車両を限定されて……」

「はぁ、そうですか！　……で、何のご用事で？」

「あぁ、切符を渡すために……あ、これです。都会にはないエキゾチック（封筒を渡す）」

「都会にはないエキゾチック？　……秘宝館か何かの入場券ですか？（封筒を開ける）あ〜、『トワイライトエクスプレス』！　札幌から大阪までの豪華寝台列車！　これこないだ私乗ったとこですよ」

「え！　じゃあ、お宅もいりまへんの？……はぁ、さよか、ほたら失礼します」

「あ〜、ちょっちょっと……これからどこ行くんですか？」

「まぁ、これに乗ってくれる人探しに、稚内か樺太へ……」

「どこまで行くんですか？　今からこの列車に乗る人探すの大変ですよ。それより、大阪へ帰ったらどうです？　この『トワイライトエクスプレス』で」

「え〜！　それに乗って帰れますの〜？」

「帰れるはずですよ。……うん（切符を調べる）まだこの切符自体は使えるんでね。おっ！　1号車のA個室ロイヤル！　これやったらなおさら、ベッドがどっか空いてたらまだ大丈夫です。ちょうど今日は土曜日、札幌発がある日です！　今から急いで駅へ走ったらまだ間に合います。一緒に行ってあげますよ」

「ほんまですか！　すんません〜！」

×　×　×　×　×　×　×　×　×　×

「そんなわけで、お父っつあんただいま〜」

「……何が『お父っつあんただいま〜』じゃ。トワイライトの切符を渡すために行ったのに、お前はんがトワイライトに乗って来て、どうすんねん！　……え？　何やて？　……『A個室寝台・ロイヤル』に乗ってきた？　……『たまたま直前にキャンセルが出て、そこだけ空いてた』……『ディナーもおいしかったです〜』？　……ディナー？　まさか3号車の食堂車『ダイナープレヤデス』[*14]でフランス料理のフルコースも食べて来たんかいな！　……何をすんねんな！　どんだけ贅沢な旅してんねんな！　……新大阪への使いぐらいやったらと思てたら、札幌まで行って、トワイライトで帰ってくるわ、ロイヤルに泊まるわ、贅沢なディナー食べてくるわ……。お前はん、あのなあ、トワイライトに乗ってるだけで贅沢やねん、車内におる間は何も食わいでもええねや！」

「無茶言うたらあかんわ～、札幌から大阪まで23時間もかかりまんねんで～」

「そうや、23時間！　その間ずーーーーーーーーっと乗ってられんねやぞ！　トワイライトと一体になれるんやぞ！　これを幸せと言わずして何と言うねや。至福のひとときやがな！」

「でも、23時間も乗ってたら腹も減るし、食べるぐらいしかすることおまへんで～」

「食べるぐらいしかすることがないぃ～!?

　何を言うてんねん！　お前はんそれでも人間か？　せっかく列車に乗ってるんやがな！　景色をじっくり見とかんかい！　列車の揺れを感じんかい！　駅名読んでいかんかい！　すれ違う列車をチェックせんかい！　……することだらけやがなっ！　のんきにメシなんか食うてる場合やないやろ！　……せっかく豪華列車に乗ったというのに、鉄道の旅の楽しみ方も分からんような頼んない奴には、やっぱりまだまだ、うちの身代は譲れんわい～」

「何ですか？」

「うちの身代は譲れんっちゅうねん！」

「しんだい？　寝台やったら最前、『トワイライトエクスプレス』で譲ってもらいました」

（注）＊1　トワイライトエクスプレス……平成元年（1989）に運行開始した寝台特急列車。
＊2　A個室寝台・ロイヤル……ひとり用個室（2名の利用も可）。シャワールーム、テレビも完備。
＊3　本町の淀屋……江戸時代から大阪商業のメッカ。淀屋は当時繁栄を極めた豪商。大店のイメージがある名前。
＊4　米揚げ笊……研いだ米の水切りに使うざる。江戸落語の『ざる屋』（112頁の注参照）は上方落語から伝わった。噺の冒頭で、ざる屋に働き口を紹介された調子の良い男が、そのざる屋への道順を聞かれて、「まず難波へ出まして、南海電車に乗って……」といいかげんなことを言い出す。
＊5　御堂筋線……大阪府吹田市の江坂駅～堺市北区のなかもず駅間を結ぶ大阪市営地下鉄。
＊6　「北大阪急行」の車両……通称北急《きたきゅう》。大阪万博に合わせて開業。第三セクターではあるが、阪急電鉄が大株主で、グループ会社の一員。相互乗り入れしている市営地下鉄御堂筋線の車両以外に、8000形という通勤電車が走っている。窓の配置などは市営地下鉄に準じているが、内装など大

部分は阪急の車両の仕様。愛称ポールスター。

＊7　117系……昭和54年（1979）に誕生した国鉄（当時）の車両。従来の新快速車両とは一線を画す内装とデザインを持ち、並行する阪急京都線と競い合った名車両。

＊8　153系……その117系以前の国鉄（当時）車両。昭和33年に誕生し運用当時は大活躍したが、新快速投入時には阪急には見劣りがすると陰口を叩かれた車両。

＊9　転換クロスシート……背もたれを前後することで向きを180度切り替えられる座席。

＊10　223系……平成5年に誕生した車両。JR西日本が開発し、中距離用電車として15年間量産されて、管内で大活躍。

＊11　225系……223系の次世代タイプのJR車両。すでに新快速に運用中。

＊12　昼特きっぷ……昼間特割きっぷ。JR西日本が販売する回数券タイプの割引切符。12枚綴りで3カ月有効。

＊13　なぶりに……「なぶる」は、冗談半分にちょっかいを出す。もてあそぶ。

＊14　ダイナープレヤデス……「トワイライトエクスプレス」の食堂車。利用はモーニングタイム、ランチタイム（札幌発はティータイム）、ディナータイム、パブタイムに分かれている。ディナータイムの夕食は、乗車前の予約が必要。ダイナープレヤデスの豪華な夕食を題材にした、『スシ24の魅力』というしん吉の新作もある。

鉄道スナック

作＝米井敬人　桂しん吉

「あ〜、上司のアホに付き合うのもしんどいわ！　疲れるでほんま。ひとりで飲みなおそう……どっか飲みなおせるところないかいな〜。……なんやここ？　『スナック呑み鉄』？　けったいな名前やなぁ。でもここしかないし、ちょっと入ってみよう……」

〜カランコロン〜

「（車掌風に）駆け込み乗車はご遠慮ください」

「あ～！　びっくりした！　普通に入ったんですけど……」

「あら～ごめんなさい。常連の方かと思ったの」

「あのぉ～、入ってもいいんですか？」

「あ、いいわよ。今ちょうど空いてるし。どこでも座って～」

「あ、すんません。……あれ？　ここの椅子、何か書いてますけど……。〝優先座席〟？」

「あ、ここの席はカウンターのちょうど真ん中で、私の話を優先的に聞ける席なのよ。優先的に鉄道話ができるのよ。でも今は暇だし、どうぞ座ってちょうだい」

「は～、ここは鉄道マニアの集まるお店なんですか？」

「そうなのよ。私はね、〝鉄子〟なのよ」

「鉄子さんとおっしゃるんですか」

「そうじゃないわよ。鉄道が好きな女子のことを今では〝鉄子〟って言うのよ。世が世なら『元祖鉄道アイドル』として有名になっていたかもしれないのよ。昔は鉄道マニアは*1関目《せきめ》ぐらいの存在だったのが、今では*2樟葉《くずは》ぐらいになったということよ」

「意味がよく分からないんですけど……」

「分からない？　関目は普通しか停まらないけど、特急が停まる樟葉に格上げされたということ、ちょっとメジャーになった、ということなのよ……。まぁそのうち教えてあげるわ。……何か飲む？」

「そうですね～、1軒行ってちょっと飲んでるんで、カクテルか何かがいいんですけど……。じゃあ、カシスオレンジください」

「あぁ、カシス今里筋線《いまざとすじせん》のことね？」

「……何ですか？」

「あなた今、カシスオレンジって言ったけど、うちではオレンジ＝今里筋線[*3]だから、カシスオレンジのことをカシス今里筋線って言うのよ。その方が言いやすいでしょ」

「いや、めっちゃ言いにくいでしょ！　……なんかややこしいんで他《ほか》のんにしますわ。……じゃあ、カンパリソーダで」

「はい、カンパリ四《よ》つ橋線《ばしせん》ね」

「何ですか？」

「……だから、うちではソーダのことを四つ橋線[*4]って言うのでカンパリ四つ橋線なのよ」

「それも言いにくいと思いますけど……。ほたら、チューハイライムは？」

「チューハイ長堀《ながほり》鶴見緑地線[*5]のこと？」

「……あ〜！　言いにくい！　……もぉ、生ビールください」

「あなた、ノリが悪いわね。そんなんじゃ乗り鉄にもなれないわよ」

「別になりたくないです！」

「あなた、何か悩んでるんでしょ？　……分かるわ。顔に書いてあるもの。当ててあげましょうか？」

「えっ？　分かるんですか？」

「分かるわよ。……分かったわ！　環状線に１０３系[*6]が少なくなってきたから凹《へこ》んでるんでしょ？」

「……へっ？」

「それとも、阪急の伊丹《いたみ》線が夕方になったら神戸線との接続が悪くなるから嫌になってるとか？　あ、分かった！　京阪《けいはん》中之島線[*7]の意味が分からないんでしょ！」

「あなたの言ってる意味の方が分かりません！　……そんなんじゃないんです。彼女のことです！　……いや、最近彼女とケンカばっかりしてるんです」

「……ふつ〜の悩みじゃない。……彼女とケンカばかりしてる〜？　ふ〜ん、あなた焦り過ぎなんじゃないの？　生意気にも〝特急気どり〟なのよ。特急が偉いと思ったら大間違いよ。……じゃあ聞くけど、あなた正雀《しょうじゃく》[*8]って駅を知ってるの？　……知らないんじゃない！　あそこには阪急の車庫があって、工場があって、いわば阪急の車両はあそこの世話になってるのよ！　そんなのも知らずに〝特急気どり〟なんて、生意気よ!!」

「あ、すんません。……なんで俺謝ってるんかな〜。それと、彼女が忙しすぎて、なかなか会えないんです」

「あなたは自分で忙しく働いてるつもりだろうけど、あなたは所詮四つ橋線なのよ。で、彼女は御堂筋線[*9]。忙しさがまるで違うんだから！　世間からしたら四つ橋線はなくても困らないけど御堂筋線がなくなったら大変なんだからっ。彼女は世間から必要な人なのね。あなた、身のほどを知りなさい！　そんな身で会いたいなんて言ったら彼女が困るわよ。……でも大丈夫、大国町《だいこくちょう》[*10]でたまに会えるからっ」

「……はぁ～、彼女がデートの時によく遅刻して来るんです」

「遅刻ぐらい何よ！　阪和《はんわ》線なんか、雨が降っただけでも下手したら何時間も電車が遅れるんだから！」

「彼女に浮気癖があるみたいで……」

「それは『阪神電車症候群』っていうのよ。阪神電車はね、山陽電車と乗り入れていたのに、阪急電鉄と一緒になったでしょう。にもかかわらず、近鉄と乗り入れしちゃったりして。でも大丈夫、山陽や近鉄と相互直通運転はしても、連結はしないから！」

「はぁ、だんだん意味が分からなくなってきました……」

「でも、きっといい子だから大事にしなさいよ。もう立派な大人なんだから、２人の将来のことを真剣に考えなさいよ。……あなた、ひょっとして、電車に乗る時〝切符を買わない〟人でしょう？」

「あ、はい。[*11]PiTaPa《ピタパ》持ってるんで……」

「あぁ、やっぱりそうよ。ちゃんとその線の、その駅の切符を買いなさい。……そうやってね、ＩＣカードに頼ってる人は大人になれないのよ。あなたみたいな人を『ピタパシンドローム』っていうのよ」

「……それって、〝大人になりたくない症候群〟で『ピーターパンシンドローム』って言うんじゃないですか？」

「同じようなものよ」


～カランコロン～


「（酔うて）お～、ママ、元気？」

「（車掌風に）駆け込み乗車はご遠慮ください」

「もぉ～、しばらく来ぇへんかったからって、そないに冷たく言わんでもえぇやんか」

「ほんとよ～！　あなたはウチをいっつも素通りして……。あんたは快速か！」

「……誰が区間快速やねん」

「違うわよ、新快速よ！」

「……そんなに素通りしてへんやんか～」

「…………うわぁ、会話の意味が分からへん…………」

「ん？　おぉ、兄ちゃん、おったんかいな。初めて見る顔やな」

「はい、今日初めて来たんですけど、ママにさっき相談に乗ってもらったり、愚痴を聞いてもらったりしてまして」

「そうか！　ママ、わしの愚痴も聞いてぇな」

「まぁ、いいわよ。聞いてあげるわ」

「よっしゃ、ほたら……塚口。西宮北口。甲子園口……」

「そこはあなた、安治川口《あじがわぐち》とか、千早口《ちはやぐち》とか、吉野口とかもうちょっと面白い駅名を言いなさいよ！　なに阪神間でまとめてるのよぉ～！」

「えっ？　ここでは、それを〝愚痴〟って言うの？」

「ママ、実は今日はママに愛の告白に来たんや」

「またぁ～？」

「そう言わんと聞いて……。いつも酔うて記憶が富田林《とんだばやし》やけど、京橋《きょうばし》っと言うで～！

ママの美章園《びしょうえん》（微笑）があまりに素敵やから前からホレ天満《てんま》した。いつも胸の谷町九丁目（谷間強調目）やし、今日はワイルドに谷町六丁目（谷間ロック調）やんか！　前から『吹田《すいた》～』言うてアピール四天王寺前夕陽ヶ丘《してんのうじまえゆうひがおか》やのにママは冷たいなぁ……。分かる？　この胸の伊丹《いたみ》。京都いう京都は正雀《しょうじゃく》に言うよ。ママと相川（愛交わ）したい！　わしと中書島《ちゅうしょじま》（チュウしょ～、じま）！」

「ちょっと武庫川《むこがわ》行ってよ、武庫之荘《むこのそう》に！　……何すんのよ！　あなた、そんなこと言ってるけど女の人いたんでしょ？」

「前の女とはきっぱり、喜連瓜破《きれうりわり》」

「本町《ほんまち》かいな。でも、どうせよりどり緑橋《みどりばし》なんでしょ？」

「そんなことないよ、ママ一筋！　気合い服部《はっとり》ます。これから毎日車折《くるまざき》（車折神社前。嵐電）」

「え～、毎日～？　……玉出《たまで》いいわよ。それなら来てもいいけど、溜まってるツケ払ってよ。正味……近江八幡《おうみはちまん》！」

「え！　……そんなに？　……枚方市《ひらかたし》（ひらんかったし）。……須磨《すま》ん。悪気は中津《なかつ》たんや」

「なにが『悪気は中津た』よ。毎日来れないでしょ、庄内《しょうない》でしょ。考えが浅香山《あさかやま》だったのよ。ね、分かった？　今度はお金を持ってきてね。これが証拠の請求書よ、どうや？

……バシ（淀屋橋《よどやばし》）。はい、分かったらチャッチャと心斎橋《しんさいばし》！　今日は帰んなさい！　はいはい、気をつけてね～、はいは～い」


～バタン～


「……よし、帰ったわ。これでいいのだ、野田阪神《のだはんしん》！」

「すごいですね～、よう分からんけど、気がついたらお客さん帰りましたね！」

「あの人、お酒に酔ったらいつもああなのよ」


～カランコロン～


「またお客さんね。（車掌風に）駆け込み乗車はご遠慮……、あら、ノリコじゃない！

今日はうちに帰って来たの？　アパートで彼が待ってるんじゃないの？」

「彼は今日、上司の付き合いで遅くなるって言ってたし」

「あれ？　ノリコ！　……どうしたん？　何でここにおんのん？」

「あれ？　シンイチやん！　……なんでて、ここ、私の実家なんよ！」

「えぇ～！　そうやったん！　……ということはこのママは……ノリコのお母さん？」

「ちょっと待ってノリコ!?　彼氏って、この人なの？　……（男に）あなた、そうなの？」

「あ、はい。（ノリコに）今ママに……いや、お母さんに人生相談してたてん。でもその返事が鉄道用語やからほとんど意味分からへんかってん。ママはほんまに鉄道が好きなんやな～。『スナック呑み鉄』かぁ……、あのう、〃呑み鉄〃ってどういう意味ですか？」

「酒を飲みながら鉄道の話をするのが好きな人のことをそういうのよ。この店はね、うちの主人との意見が一致して始めたお店なの」

「へ～、ご主人、いや、お父さんはお酒と鉄道がお好きなんですか？」

「そうなのよ。今頃もきっと、十三《じゅうそう》辺りで飲みつぶれてるわ」

「ただの酔[*12]いたんぼじゃないですか！」

「ねぇ、お母さん。前にも言ってたけど、私たち結婚しようと思ってるの！　この人が彼氏やねん。だいたい話は聞いてもらったんでしょ？　……私たちの結婚を認めてちょうだい！　お願い！」

「あなたたちが結婚!?　どっちも鉄チャンじゃないのに～!?　……それだったらダメよ～」

「もぉ～！　意味分からへん！　……ちょっとシンイチからも言ってよ！」

「あの、ママ……じゃない、お母さん。これから僕は、さっき言ってもらったように、一歩一歩確実に進んでいく各停になりますし、僕たちが御堂筋線と四つ橋線なんで、すれ違わないように大国町に住みますし、愚痴も小粋に言いますんで。……だから、娘さんを僕にください！　結婚させてください！　お願いします！」

「うん、じゃあいいわ」

「……訳が分からんわ！　……でもありがとう！」

「でも、シンイチさん。ひとつだけ条件があるわ。結婚するんだったら、これからは常に〝電車の気持ち〟でいなさいよ。分かったわね。それだけが条件よ」

「……はい、電車の気持ち……なんでなんですか？」

「〝ホームの大切さが分かるから〟よ」

（注）＊1　**関目**……大阪市城東区関目にある、京阪本線の駅。市営地下鉄今里筋線の関目成育《せいいく》駅が隣接する。普通列車しか停まらない。
＊2　**樟葉**……枚方市楠葉花園町にある京阪本線の駅。京阪の全ての列車が停まる。
＊3　**今里筋線**……大阪市東淀川区の井高野《いたかの》駅〜東成区の今里駅間を結ぶ市営地下鉄。ラインカラーはゴールデンオレンジ。大阪市営地下鉄は、路線によってイメージカラー（ラインカラー）が分かれている。
＊4　**四つ橋線**……大阪市北区の西梅田駅〜住之江区の住之江公園駅間を結ぶ市営地下鉄。ラインカラーは青。
＊5　**長堀鶴見緑地線**……大阪市大正区の大正駅〜大阪府門真《かどま》市の門真南駅間を結ぶ市営地下鉄。ラインカラーは萌黄《もえぎ》色。
＊6　**103系**……「鉄道落語対談―東京編」の注参照（142頁）。大阪環状線を走っていた国鉄（当時）車両だが、平成23年（2011）のダイヤ改正により大幅に削減された。
＊7　**京阪中之島線**……大阪市北区の中之島駅〜中央区の天満橋駅間を結ぶ京阪電鉄の路線。平成20年に開業したが、利用者が少ない。1300億円かけて造ったにもかかわらず日中はガラガラなので、京都直通の快速急行も一部を残し廃止されるなど、消極的なダイヤになってきている。沿線にできた新駅のすぐ近くには京阪本線や市営地下鉄の駅があり、運行の意味が希薄になっている。
＊8　**正雀**……大阪府摂津市阪急正雀にある、阪急京都本線の駅。隣接する車両工場は、阪急電鉄の全車両の面倒を見ている。京都線の車両基地もある。鉄道マニアの間では、毎年阪急レールウェイフ

エスティバルが開催されることでも有名。
＊9　御堂筋線……『若旦那とわいらとエクスプレス』の注参照（169頁）。大阪の最も主要な都市交通機関。ラインカラーはエンジ色。
＊10　大国町……大阪市浪速区敷津東にある、大阪市営地下鉄の御堂筋線と四つ橋線が乗り入れる駅。南北の方向別に同一ホームで乗り換えができる唯一の駅でもある。
＊11　PiTaPa……関西圏の交通機関に利用できるカードシステム。クレジットカード機能もある。JR西日本のIC乗車カードICOCA《イコカ》との相互利用もできる。
＊12　酔いたんぼ……酔っぱらい。

4両目

桂梅團治

昭和32年（1957）、岡山県倉敷市生まれ
福岡大学卒
昭和55年、三代目桂春團治に入門、桂春秋
平成9年（1997）、四代目桂梅團治を襲名

かつらうめだんじ――明るく大らかな高座が魅力的で、親しみあふれる声から生まれる滑稽噺は、爆笑のうちにほっこり気分にさせてくれる。関西圏の落語会以外の地域落語にも力を入れており、全国各地で定例落語会を開く。その〝撮り鉄〟ぶりはつとに有名で、SLを求めて日本中を撮り歩き、写真展や写真集で発表。その濃厚な鉄道遺伝子は、弟子であり息子でもある小梅にも受け継がれている。

切符

「あのぅ、え、え、えらいすみません。ここはみどりの窓口ですなぁ？」

「はい、そうですけど」

「ほなあんたが、みどりさん？」

「みどりというのは名前やないんで、私は河合と申します」

「えっ、可愛いみどりさん。うそや、不細工なおっさんや」

「失礼な人やな、この人は……で何です？」

「ほれ、あれおくんなはれ。あれ、電車に乗る時にいるやつ。駅員さんが改札でチョキ、チョキするやつ」

「古いなぁ。切符。切符ですか？」

「そうそう切符。切符おくんなはれ」

「それでしたら、どうぞ、あちらの券売機をご利用ください」

「それがあきまへんねん。券売機で買えまへんねん」

「買えない。ということは遠距離の切符をお求めですか？」

「さぁ？」

「さぁて、どういうことです」

「いやあのね、見てもろても分かれへんと思いますけど、実はわたい、ちょっと酔うてまんねん」

「分かります。へぇ、だいぶ、酔うてはります」

「えっ、分かりまっか？　わたいもこない飲むつもりやなかったん。いや、実はあんた、話せな分かれしまへんけどもな。わたいの友達の松ちゃん、知ってるやろ？」

「知りません」

「えっ、知らん。松ちゃんやで、松ちゃん。ほれ、背の低い、ポッチャリと肥えたタレ目の松ちゃん」

「知りまへんて」

「知らん。あっそう、いや、その松ちゃんが家建てよりましたんや、ええ。大きな家やおまへんねん。小さな家ですねんけどな。大きな窓と小さなドアがおまんねん。ほんであんた、部屋には古い暖炉がおましてな。ええ、聞いたことがある？　やっぱり、知ってんのや、松ちゃん」

「知りまへんて」

「えっ知らん、さよか。その家の新築祝い持って行きましたんや、新築祝いを。ほな、松ちゃんがせっかく来てくれたんやさかい飲んでいき、祝いでもろうた樽酒があるさかい飲んでいきちゅうて出してくれたんだ。わたい樽酒好きでんねん。木の香りがプーンとしてな。1杯のつもりが、好きなもんやさかい、1杯が2杯、2杯が3杯、3杯が4杯、気ぃついたらあんた8杯もよばれてしもて、こらあかん。今日は、どうしても次、行かんならんとこがあるさかい、これで失礼するわっちゅうて、慌てて飛び出して来ましたんやけどな、わたいは何処《どこ》へ行ったらよろしい？」

「知りまへんわ」

「知らんて、そんな冷たいこと言いなはんな。あんた、駅員さんでっしゃろ。駅員さんやったら、思い出すのん手伝う（鉄道）て」

「洒落《しゃれ》言うてる場合やおまへんがな。けど、あんたもねぇ、自分の行き先忘れるほど、飲みなはんな」

「そうです。わたいも今日はちょっと飲み過ぎてしまいましてな。いや、こない飲むつもりはなかったん。いやあのね、話さな分かれしまへんけどね。わたいの友達の松ちゃん、知ってるやろ？」

「知りまへんて」

「知らん。知らんか。松ちゃんやで。ほれ、背の低い、ポッチャリと肥えたタレ目の松ちゃん。知らん。あっそう。松ちゃんが、家建てよりましたんや。大きな家やおまへんねん。小さな家ですけどなぁ。大きな窓と小さなドアがおまんねん。ほんであんた、部屋には古い暖炉がおまんねん。えぇ、そこだけは聞いたことがある？　やっぱり知ってんのや松ちゃん。えっ知らん。あっそう。その新築祝い持って行きましたんや、新築祝いを。ほな、松ちゃんがせっかく来てくれたんやさかい飲んでいき、祝いにもろうた樽酒があるさかい飲んでいきちゅうて、樽酒出してくれたん。わたい樽酒好きでんねん。木の香りがプーンとしてな。1杯のつもりが、好きなもんやさかい、1杯が2杯、2杯が3杯、3杯が4杯、気ぃついたらあんた8杯もよばれてしもて、こらあかん。今日はどうしても次、行かんならんとこがあるさかいこれで失礼するわっちゅうて慌てて飛び出して来ましたんやけどな、わたいは何処へ行ったらよろしい？」

「かなわんなぁ。家に電話掛けて聞きなはれ」

「それが、あきまへんねん。今日は家のもん、皆出掛けて居てまへんねん」

「携帯へ掛けたらよろしいがな」

「それが、あきまへんねん。どういう訳か、家の電話番号は覚えられるけど、携帯の番号は覚えられまへんねん」

「覚えられんて、登録してまっしゃろ」

「あのね。わたい、携帯電話、持たしてもらわれしまへんねん。酔うて、1週間に3つもなくしましてん」

「かなわんなぁ。そない酔うほど、飲みなはんな」

「そうです。いや、わたいも今日はちょっと飲み過ぎました。いや、こない飲むつもりやなかったんだ。実はわたいの友達の松ちゃん、知ってるやろ？」

「知ってます。よう知ってますわ。松ちゃんちゅうたら何でっしゃろ。背の低い、ポッチャリと肥えたタレ目の松ちゃんでっしゃろ。松ちゃん、家建てはりましたんや。大きな家やおまへんねん。小さな家でんねんけどな、大きな窓と小さなドアがおまんねん。ほんで部屋に古い暖炉がおまんのやろ。その新築祝いを、あんた、持って行きなはったんや。ほな、松ちゃんが、祝いにもろうた樽酒があるさかい飲んでいきっちゅうて、樽酒出してくれた。あんた樽酒好きなんでっしゃろ。木の香りがしてプーンとして、1杯のつもりが、好きなもんやさかい、2杯が3杯、3杯が4杯、ふと気がついたら8杯もよばれてしもて、こらあかん。今日はどうしても次、行かんならんとこがあるさかい、これで失礼するわっちゅうて慌てて飛び出して来たんやけど、行き先を忘れてしもたんでっしゃろ」

「あんた、見てた？」

「見てますかいな。かなわんな。何ぞ手掛かりはおまへんのんか。どこ行きの電車に乗るとか、東へ向いて行くとか、西へ向いて行くとか？」

「エエこと言うてくれました。それやったら新大阪方面ですわ、へぇ。家、出しなに嫁はんが、お父さん、新大阪やで、新大阪方面へ向かう電車に乗んのやでと言われましたんで、新大阪に向かう電車に乗りまんねん」

「ほな、私が順番に駅名を言うていきますので、ここやっちゅうところがあったら、言うとおくんなはれ。よろしいか。この大阪駅を出て、まず最初が新大阪。それから、東淀川・吹田《すいた》」

「お腹《なか》すいた」

「いらんことは言いなはんな。岸辺《きしべ》」

「岸部シローさんは、何処へ行きはりました？」

「あのね、人のことはどうでもよろしい。人の心配するよりも、自分の心配しなはれ。その次は千里丘《せんりおか》、茨木《いばらき》・摂津富田《せっつとんだ》・高槻《たかつき》・島本・山崎・長岡京・向日町《むこうまち》・桂川・西大《にしおお》路《じ》・京都」

「京都、懐かしいなぁ。実はわたいの田舎の小学校の修学旅行は京都でしたんや。京都駅の近くにある京都タワー、あのロウソクのバケモンみたいなやつ、あのすぐ近くの宿に泊まりましたなぁ、夜はタワーに昇って夜景を見ましてん。夜景と言うてもガードマンと違いまっせ」

「しょうもないこと、言いなはんな」

「あっ、そやちょっと話させてもらいまっけど、親父を小さい時に亡くしましてなぁ。母親が女手ひとつで育ててくれましたんや。ところが、あんた食べていくのが精一杯、修学旅行へ行く金なんかがおまへんがな。けど、あんたに惨めな思いさせたないちゅうて寝る間も惜しんで働いてくれて修学旅行へ行かせてくれましたんや。そんな母親に土産のひとつも買うて帰りとうおまんがな。そやさかい、母親に内緒で近所の酒屋のおっさんに頼んで、今で言うアルバイトさせてもろて、母親に京都の土産に八ツ橋を買うて帰りましたんや。ほな、母親がえらい喜んでくれて、あんたがそないして買うて来てくれたお土産、もったいのうてお母さんひとりで食べられへんちゅうて父親の仏壇に供えて、手合わしてまんねん。わたい、松ちゃんの家でそれ見てて、涙が出て、涙が出て」

「えっ、それ松ちゃんの話ですか?」

「そうですけど、誰がわたいの話や言いました。松ちゃんの話です」

「そんなことは、どうでもよろしいねん。で、京都へ行きまんのんか?」

「京都は小学校の修学旅行で行きましてん。今日は、京へ行きまへん」

「洒落はええちゅうねん。えーっと、ここから先は、私も時刻表を見させてもらいますわ。(と手ぬぐいを時刻表に見立てて広げ)えーっと、京都の次は、山科《やましな》・大津・膳所《ぜぜ》・石山・瀬田・南草津・草津・栗東《りっとう》・守山《もりやま》・野洲《やす》・篠原《しのはら》・近江八幡・安土《あづち》・能登川《のとがわ》・稲枝《いなえ》・河瀬《かわせ》・南彦根《みなみひこね》・彦根・米原《まいばら》、ここで時刻表のページが変わりますねん。あぁ、ありました。醒ケ井《さめがい》・近江長岡・柏原《かしわばら》・関ケ原・垂井《たるい》・大垣・穂積《ほづみ》・西岐阜・岐阜・木曽川・尾張一宮《おわりいちのみや》・稲沢・清洲《きよす》・枇杷島《びわじま》・名古屋」

「えらい、すんまへん」

「えっ、名古屋でっか?」

「おしっこ」

「えっ」

「おしっこ」

「早いこと、行って来なはれ」

「えらいすんまへん。お待たせしました。ほな、続きやって」

「続きて、紙芝居みたいに言いなはんな。尾頭橋《おとうばし》・金山《かなやま》・熱田《あつた》・笠寺《かさでら》・大高《おおだか》・南大高・共和《きょうわ》・大府《おおぶ》・逢妻《あいづま》・刈谷《かりや》・野田新町《のだしんまち》・東刈谷・三河安城《みかわあんじょう》・安城・西岡崎・岡崎・相《あい》見《み》・幸田《こうだ》・三ケ根《さんがね》・三河塩津・蒲郡《がまごおり》・三河三谷《みかわみや》・三河大塚・愛知御津《あいちみと》・西小坂井《にしこざかい》・豊橋・二川《ふたがわ》・新所原《しんじょはら》・鷲津《わしづ》・新居町《あらいまち》・弁天島《べんてんじま》・舞阪《まいさか》・高塚・浜松・天竜川・豊田町《とよだちょう》・磐《いわ》田《た》・袋井《ふくろい》・愛野《あいの》・掛川《かけがわ》・菊川《きくがわ》*1・金谷《かなや》・島田・六合《ろくごう》・藤枝《ふじえだ》・西焼津《にしやいづ》・焼津・用宗《もちむね》・安倍《あべ》川《かわ》・静岡。あのう、後ろに並んでるお客さん、この窓口立て込んでるんで隣の窓口へ行ってもらえますか」

「隣へ行って！」

「えらそうに言いなはんな。えーっと、静岡の次は、東静岡・草薙《くさなぎ》・清水・興津《おきつ》・由《ゆ》比《い》・蒲原《かんばら》・新蒲原・富士川・富士・吉原《よしわら》・東《ひがし》田子《たご》の浦《うら》・原・片浜《かたはま》・沼津《ぬまづ》・三島・函南《かんなみ》・

熱海、すんませんなぁ。ここで、もう一遍ページが変わりますのや。あぁ、ありました。湯河原・真鶴《まなづる》・根府川《ねぶかわ》・早川・小田原・鴨宮《かものみや》・国府津《こうづ》・二宮・大磯・平塚・茅ケ崎《ちがさき》・辻《つじ》堂《どう》・藤沢・大船《おおふな》・戸塚・東戸塚[*2]・保土ケ谷《ほどがや》・横浜・東神奈川・新子安《しんこやす》・鶴見《つるみ》・川崎・蒲田・大森・大井町・品川・田町・浜松町・新橋・有楽町・東京、東京まで来てしまいましたでぇ」

「グー、グー」

「寝なはんな」

「あぁ、えらいすんまへん」

「で、おましたか？」

「おまへん」

「ない。もう、あかん。右も左も真っ暗闇や」

「真っ暗闇、あっ、思い出しました」

「思い出した。で、どこです？」

「わたい、地下鉄に乗りますねん」

（注）＊1　金谷……梅團治がこよなく愛するＳＬが走る、大井川鐵道大井川本線の始発駅でもある。
＊2　東戸塚・保土ケ谷・横浜・東神奈川・新子安・鶴見・川崎・蒲田・大森・大井町・品川・田町・浜松町・新橋・有楽町・東京……この区間は、「ＪＲ時刻表」さくいん地図（東京付近拡大図）の東海道本線、京浜東北線上に記載された駅名を示している。

鉄道親子

昔は男の道楽といいますと「飲む・打つ・買う」、この3つと決まっておりました。飲むというのはお酒、打つというのは博打《ばくち》、そして買うというのは女性ですな。しかし、最近は、そやございません。お酒はよう飲まん。博打は苦手。そして、女よりも男。そらもう、色んな人がいてますさかい。そらぁ、これだけ恵まれた世の中、ほかに楽しいこと、面白いことがぎょうさんありますんで、当然、色んな道楽も生まれて参ります。ゴルフの好きな方はゴルフ道楽。歌の好きな方はカラオケ道楽。旅道楽に、えび道楽、かに道楽なんかもあったりいたしますが、中に〝鉄道楽〟というのが、ございまして……。

×　×　×　×　×　×　×　×　×　×

「母さん、母さん。息子、鉄道《てつみち》が、おらんけど、何処へ行ったんや？」

「何処て、あの子やったら撮影に行きましたけど」

「撮影、撮影。あいつ受験生やで。それに、あいつ、先週も行ってたんと違うのんか。ホンマに毎週毎週、しょうもない写真撮りに出掛けやがって。お前、何で止めへんねん」

「そうかて、止めても言うこと聞きませんもん」

「聞きませんもんやあるかい。聞かさなあかんのや。あいつは今、高校3年生。人生で一番大事な時や。休みやからというて遊んでる場合やないっちゅうねん。大学入試はすぐそこや。そやのに、いつまでも、いつまでも、そんなしょうもない写真撮りに行きやがって。あんなもんのどこがええねん。あんなもんが人生の役に立つかっちゅうねん」

「私に言うても知りまへんがな。私に言わんと、あの子に直接言うとおくんなはれ」

「ほんまに困ったやっちゃ。今は大学へ行くのは当たり前の時代や。今のあいつに一番大事なんはひとつでも上のレベルの大学へ行くことや。そやのに、休みのたびに撮影に出掛けやがって。わしは鉄のように固い信念を持って、人生という険しい道をしっかりと歩んでほしいと思て、鉄道という名前を付けたのに。何を勘違いしたんか知らんけど、鉄道写真に凝りやがって、ホンマ情けないわ。で、いつ帰ってくんねん？」

「2〜3日は帰ってけえへんのとちゃう」

「2〜3日て、もう修学旅行はとっくに終わったんやで。ホンマにいつまでも気楽なやっちゃ。で、泊まりで何処へ行ったんや？」

「恋人の貴婦人[*1]に会いに行くて嬉しそうにしてたけど」

「何をー、ちょっと待て。写真撮るのに女も一緒か。しかも泊まりで。……ええなぁ。いや、何を考えてんねん。学生は勉強が本分や。受験も近いのに、写真だけかと思たら、女にも手ぇ出しやがって、わしは絶対許さん！」

「落ち着きなはれ、お父さん。何を勘違いしてんねんな。あんたの息子やで、そないもてるはずないがな。貴婦人というのはＳＬ、蒸気機関車の愛称、ニックネームみたいなもんやがな」

「そうか。蒸気機関車か。それはよかった。いや、ええことない。けど、あいつ、あんな黒い鉄の塊のどこがええのやろな」

「どこて、あの子、煙がええんやて」

「煙？　あのなぁ、今は禁煙の時代。煙草吸う人間がどんだけ肩身の狭い思いをしてると思てんのや。煙草吸うて、煙吐く人間が嫌われてんのやでぇ。そやのに、何で石炭食うて煙吐く機関車が好かれてんねん。わしには分からんわ。あっそや、思い出した。前にあいつが撮った写真見せてもろたことがあんねん。そしたらな、2日続けて同じとこで写真撮ってんのやがな。そやさかい、わし言うたったんや。同じとこで撮らんと違うとこで撮った方がええのんと違《ちゃ》うかちゅうて。ほなな、お父さん煙見てみ。2日目のんは、煙が真っ直ぐ上がってるけど、初日のんは風がきつかったさかい傾いてるやろ。僕な、ここで真っ直ぐに上がってる煙を撮りたかったんや。こんなこと言いよんのや。わしは、この不景気で会社が傾けへんか、心配してんのに、あいつ煙が傾くのんを気にしてんねん。気楽な奴っちゃ。それで、その貴婦人というのは何処を走ってんねん。ふん、ふん、えっ何？　そんな遠いとこ走ってんのん。あいつ、そんなとこまで行ったんかいな。よっしゃ、分かった。明日、明後日と、ちょうど仕事が休みやさかい、今から行て、あいつ、連れて帰って来る。首に縄つけてでも、連れて帰ってくるさかい」

「もう、やめときなはれ、お父さん。第一どないして捜すねんな。線路て長いねんで。沿線みな捜すつもりか？　それに、あんたとあの子とよう似てんねんさかい。そんなもん見て、あんたがあの子と同《おんな》じように写真撮りに行くようになったら、かないまへんがな。ミイラ取りがミイラになったら、どないしなはんねん」

「アホなこと言いないな。ミイラ取りがミイラ？　何を言うのや。わしを信用せぇちゅうねん。そらぁな、若い綺麗なお姉ちゃんの水着姿、撮んのやったら、そんなこともあるかしらんけども、そんなしょうもない、黒い鉄の塊にわしが惚れたりするかいな。ミイラ取りがミイラ、何を言うねんな。わしに任せとけ。ほな行て来るでぇ」

×　×　×　×　×　×　×　×　×　×　×

「思うた通りや。この駅で三脚と銀箱[*2]持った奴らがぎょうさん降りたさかい、後つけて来たら案の定や。ほんまにぎょうさん居てるなぁ。黒い鉄の塊が煙吐いて走るだけやのに、有名人の野外コンサートでもあんのんかと思うほど居てるがな。あんなもんの何がそないええねん。どいつもこいつもええ歳さらしやがって。それにしても多いなぁ。あの辺り、三脚の後ろに脚立置いて何重にもなってるさかい雛壇みたいになってるがな。しかし、こないぎょうさん居てたら、あいつが何処に居てるか分からんなぁ。ほんでまた、話し難《づら》そうな奴ばっかりやがな。わぁ、あいつのカメラ、天体望遠鏡[*3]みたいなレンズ付けてるわ。あんなん、高いのやろなぁ。あいつ、そんなに金持ってそうな顔してへんでぇ。いったい、仕事は何をしてんねん。何や、あっちに居てる奴、今、田んぼの中へ空き缶を放《ほ》[*4]かしよったんと違うか。何をさらすねんな。人間としてのマナーはどないなってんねん。ゴミを放かすな、ゴミを。空き缶放ったらアカン。ホンマに、しょうもない趣味やと思たら、ろくな奴が居てへんわ。こんなことをいつまでも、あいつにさせておくわけにはいかん。今日は絶対連れて帰る」

× × × × × × × × × ×

「えらいすんまへん。ちょっとお尋ねします」

「へぇ、何です」

「息子を捜してますねん。身長はこれぐらい、わりと小柄で、ぽっちゃりと肥えた高校生、18歳の男の子見まへんでしたか?」

「小柄で18歳ねぇ。どんな服着てますねん」

「あっそうや、よう聞いとおくんなはった。目立つ服着てますねん。近所歩いてたら、すぐに分かりますわ。蒸気機関車の写真がプリントされてて、ほんで胸のところにウィー・ラブ・スティーム・ロコモーティブて書いてますねん」

「そら、あきまへんわ。周り見てみなはれ」

「えっ、周り……。わっ、何や。同じような服着た奴がぎょうさん居てるがな。気色《きしょく》悪う。なるほど、こらあかんわ」

「なんぞ、顔に特徴はおまへんのんか」

「顔に特徴でっか。えーっと、この辺に目ぇが2つあって、真ん中に鼻があって、その下に口がある」

「当たり前でんがな」

「あっそうや、うちの嫁さんによう似てまんねん」

「お宅の奥さん知りまへんがな」

「知らんて、ここに小さなホクロが3つおまんねん」

「知りまへんて。えらいすんまへんけど、もうじき、SLが来ますねん」

「あっ、さよか。もうじき、SLが来ますのん？　えらい、すんまへんでした、おおきに。なるほど、今、ポーッちゅうて汽笛が聞こえた。わっ、何や、みな急に真剣な顔になって、一斉にカメラ覗いたがな。ピタッと息合うてるなぁ。まるで、指揮者でも居てるみたいや。わっ、煙が見えてきた。何や、この煙。すごい煙や。火事やがな。けど、そんなに煙が好きやったら、みな、消防士になったらええねん。その方がよっぽど世の中の役に立つがな。煙見て喜んで、放火魔か？　こいつら、いったいどんな頭しててんねん。こんなもんの何がええのや」

（時間経過）

「ええなぁ。こらハマルわ。凄い迫力やがな。こんなに興奮したんは、生まれて初めてかも分からんなぁ。なるほど、息子が来たがんのも無理はない。あの煙、ええなぁ、たまらんわ。あのモクモク上がってる煙見たら、思いっ切り、吸い込んでみたい、そんな気持ちになるなぁ。それにあの音、心に響き渡るわ。あれは、ただの黒い鉄の塊やない。生きてるみたいや、いや生きてるわ。この世の中にこんな素晴らしいものがあったやなんて……。あらっ、もう周りに誰も居てへんがな。皆、片付けんのん早いなぁ。仕方ない。また、明日捜そ」

（時間経過）

明くる日の朝。

「居てた、居てた。やっと見つけたで。あんなとこに居てるがな。おーい、鉄道《てつみち》」

「わっ、親父や。何しに来たんや。まさか僕を連れ戻そうと思うて来たんと違うやろな。お父さん、何しに来たん。僕、まだ帰らへんでぇ」

「えっ、帰る？　お前、何を言うのや。アホなこと言いないな。今からSLが来るっちゅうのに、何で帰らなあかんねん」

「はぁ？」

「はぁや、あるかいな。ええなぁ！」

「何が？」

「何がて、SLやがな」

「SL？　どないなってんねん。お父さん、いつから、SLが好きになったんや？」

「いつからて、昨日からや」

「昨日から？」

「そうや。昨日、お父さん、ここでSL見てな、惚れたんや。ええなぁ、SL。たまらんわ。お父さん、お前の気持ち、よう分かったわ。人間、勉強も大事やけども、ほかにも大事なもんがある。趣味を持つのも、生き甲斐を見つけるのもそのひとつや。お前のおかげでお父さんもええ趣味持たしてもらうことができた。これからはお父さん、これを生き甲斐に仕事、頑張るわ。おい今、ポーッちゅうて、汽笛が聞こえたんと違うか。わっ、煙が見えてきた、見えてきた。すごい煙や。迫力満点、かっこええなぁ。よっ、待ってました。日本一！」

「やかましいなぁ、お父さん。声がみなビデオに入ってしもたがな」

× × × × × × × × × × ×

「母さん、ただいま」

「あっ、お帰り。あら、あの子は?」

「あぁ、あいつか。あいつは、もう1日撮ってから帰る言うてた」

「もう1日て、あんた、連れて帰って来《く》んのんと違たんか」

「何を言うてんねん。あんな面白いもん途中で止めて帰れやなんて、そんな残酷なことが言えるか。わしかて、明日、仕事がなかったら、もう1日居てたいぐらいやったんや」

「はぁ？　いったいどないなってんねんな」

「どないなってるて、わしはＳＬに惚れたんや」

「惚れたて、あんた水着の姉ちゃんやったら惚れるけど、そんな黒い鉄の塊て、言うてたやないのん」

「あのな、お前も一遍、じっくりとＳＬを見てみ。あれは、ただの黒い鉄の塊やない。あの煙、あの音。感動の世界がそこにあんねん」

「何を訳の分からんことを言うてんねんな。ほんで、あの子大学受験、大丈夫やろなぁ？」

「大学受験か？　あかんと思う」

「あかん？　あかんて、今の世の中、大学ぐらい出とかないかんて言うたの、あんたやないか」

「あのなぁ、大学、大学てなぁ、お前うるさいねん。人生は大学で決まるもんやないねん。大学なんか行かんでも、立派な人はぎょうさん居てる。あいつが今から必死になって勉強して、いったいどれだけの大学へ入れるっちゅうねん。大学出ても、就職先のないせちがらい今日《こんにち》やで、しょうもない大学行くぐらいやったら、生き甲斐や趣味を見つけることの方が大事かも分からん。人間、その方が頑張って生きていけるんとちゃうか。それよりも、母さん、その金でわしのデジカメ買うてんか」

「アホか、このオッサン」

× × × × × × × × × × ×

さぁ、それからというもの、このお父さん。休みのたびに撮影へ出掛けるようになりまして……。

「おい、母さん。明日ちょっと撮影に行って来るわ」

「明日？　明日て、平日やで。仕事は、どないすんねんな」

「仕事か、辛いなぁ。そうかて、明日、ＳＬが珍しい客車引いて臨時で走りよんねん。もしかしたら、わしが生きてる間に、もう二度と走れへんかも分かれへんのやで」

「知らんがな、そんなこと。無断欠勤して、会社クビにならんといてや。その年齢《とし》でクビになったら再就職先なんかあらへんでぇ」

「お前、そんなきつい言い方せんでもええやないか。しゃあない。こないなったら、奈良の伯父さんに死んでもらおか？」

「奈良の伯父さんて、あんた、こないだ、和歌山の叔母さん殺したとこやないか」

「まぁ、ええがな」

「ええこと、あるかいな」

知らん間に殺されている伯父さん、叔母さんこそ、えらい災難でございまして……。

「おい、鉄道《てつみち》。お前も一緒に明日、行かへんか。えっ、学校がある？　1日ぐらい休んだらええがな。明日、奈良の伯父さんに死んでもらうさかい。えっ、あかん？　明日はテスト？　あっ、そう。ほんで、勉強してんのん。お前、まだ大学諦めてへんのんかいな。往生際の悪いやっちゃ。お前が大学を諦めてくれたら、その金でデジカメとレンズ買おうと思てんのに。おい、鉄道、そんな難しい英語の本、見てんと、ちょっと、この本見てみ。昔の鉄道写真集や。昔、こんなロケーションのええとこをSLが走ってたんやで。廃線にせんと残しておいてほしかったなぁ。こんなとこで一遍でええから、SL

撮りたかったなぁ」

「お父さん、僕、今忙しいねん。勉強してんねん。また、今度聞くから、向こう行ってて」

「お前、そんな冷たいこと、言いないな。ちょっと見てみぃて」

「あんた、また、この子の勉強の邪魔してんのんかいな。せっかく、この子、最近のあんた見て、さすがに自分の将来に不安を感じて、勉強始めたのに。もう邪魔すんのん止めといてや。理由はともかく、やる気になってんのやさかい。お父さん、覚えてるか？私があの時、あんたに行くなて止めたやろ。ミイラ取りがミイラになったらどないしなはんねんちゅうて。食べ物でも、何でも、そうやがな。あんたの好きなもん、あの子好きやし、あの子の好きなもん、あんた好きやねんさかい。あの子とあんたとホンマに好みが一緒、よう似てんねん。間違いなく、あの子、あんたの血ぃ引いてるわ」

「えっ、血ぃ引いてる？　わし、うちの庭に線路敷きたい」

（注）

＊1　貴婦人……『鉄の男』の注参照（82頁）。
＊2　銀箱……カメラ機材を収納する金属製ケース。その多くがアルミ製なのでこう呼ばれる。
＊3　天体望遠鏡みたいなレンズ……焦点距離が300ミリ以上のレンズを超望遠レンズという。
＊4　放かしよった……捨てよった。

鉄道落語対談——上方編

桂梅團治×桂しん吉

上方版〝鉄チャン系〟新作落語の誕生

しん吉（以下、し）　お兄さんの方がもっと古うに、鉄道落語をやってはりましたね。

梅團治（以下、梅）　作家の先生が書いてくれたんがきっかけやね。鉄道好きやから、やってもらえませんか？ って。それまで僕は古典しかやらんかったせいもあるやろけど、読んでみて鉄道のこと知らん人が書いたのがよう分かった。だったらもっと鉄道のことを足したれって、先生に許可もらって、ば〜っと書いたんやけど、もの凄う不評でね（笑）。お客さんに「さっぱり分からん！」言われて。あぁマニアが書いたらいかんなて。もう10年以上前のことやけど。この手の噺はもう二度とやらんとこって思ったから、よっぽど痛い目に遭うたんやろうね（笑）。それからずっと封印してたんやけど、そろそろエエかなって思うた時に、しん吉君から「鉄の世界」[*1]の声掛けてもろた。

し　僕はその時、1本あった鉄道落語をやりたいて、なんとなく思うてて。で、お兄さんやったら乗ってくれはるかなって。でも全然〝宗旨《しゅうし》〟が違うというか（笑）……。僕はたまにケータイで撮る程度ですけど、お兄さんは徹底して撮るタイプ。僕は乗るのが好きやから。一門も違うし落語

ＳＬには石炭、鉄道話にはビール。パワー全開で突っ走る

の色も違うけど、鉄道愛は同じやからいけるはずやて。

梅　そら同じよな人ばっかりおるよりは、違う方がオモロイからなぁ。

し　で、僕がお兄さんを口説いたんですよ。その頃僕が作ってたのは特殊でしたね。マニアックなことばかり言うもんやから、例えば何系が……とか言うたところでお客さんには分かれへんかもしれない。その頃はただケータイで撮った写真を引き伸ばして、スクリーンに映しながら、僕自身はその写真を見ずに語るネタがあったんですわ。『１０３系の嘆き』[*2]いう噺。

梅　確かそれ。「鉄の世界」でもやったな?

し　そうです、第1回の時ですわ。写真素材を「繁昌亭」[*3]に持っていって、映像スタッフに、僕の台本に合わせて流してもらって。ただもうその頃は今と鉄道事情が違って、１０３系が大阪環状線にいっぱい走ってて、201系[*4]がだんだん増えてきたという時代でした。京阪の特急にまだテレビカー[*5]もあった頃。（手帳を見ながら）平成18年にネタ卸してますわ。プロジェクターがある恵美須町《えびすちょう》の小さな芝居小屋でやったり、スケッチブックに写真を張り付けてやったこともあります。
梅　僕はそれまで古典一本槍で、先生にもらった本を自分で直して全然あかんかったやろ？　そやから落語はよう作らん思うとった。この会のお陰で鉄道落語が増えたんや。これがなかったら、もう作らなんだかもしれんわ。
し　新作は憧れでしたわ。そら古典は素晴らしいんやけど、それだけ演《や》る人も多い。新作はその人しか演れんやないですか。自分で作った噺を他の人が演りたいって言うたら別ですけど、そう思わんくらいの濃い鉄の噺を作ったら、それは鬼に金棒やろなぁって。
梅　あのカレンダーも「鉄の世界」の1回目からやった？
し　そうです。
梅　あれは会をやる何年か前から、僕の鉄道写真仲間が作ってくれてたんや。んでこの落語会やるてなった時に、プレゼント用に作ってもろうていいですかねって聞いたら、エエですよ、なんぼほど？　100か200。えぇ～～！（笑）。個人で作ってくれてはるから、もう9月頃から写真を預けてお願いしてるねん。会の陰で泣いてる人もいてんねんな（笑）。

し　そうですか！
梅　「鉄の世界」は6回目やったから、噺も6席あんねん。そやから最初に作家先生に作ってもらった噺もな、いずれ手直ししてもエエと思うてんのや。あの頃は噺を作るとは思うてへんかったさかい、不慣れやったんやろね。今やったらあの落語を再生できるんやないかと思うんやけどね。でも、この6席の中にも、完全に滅んだんもあるからなぁ。『切符』の大阪から九州まで行くパターンの噺もあったわ。
し　あ〜、ありましたね。
梅　大阪から下関までやったな。で「いよいよ九州でんなぁ」「いやこれ以上、よう言いまへん」「何ででっか？」「もう限界（玄海）です」いうオチやねん。ここだけ先思い浮かんだんやけど、そこへ持って行くまでがなぁ（爆笑）！　前半がどうにも面白うない。それでやらんようになったら、もう駅名も忘れてしもうた……。また覚え直すのん、イヤや！
し　あの時は兄さん、当日も楽屋で死にそうでしたもん。ずっと時刻表睨んではって。横で小梅君がチェックしながら「父さん言うから聞いてくれぇ！」とかね（笑）。
梅　もう噺なんかどうでもえんねん。駅名を言えるかどうかだけや（笑）。そう考えると、今年は天国のようやった。今は「鉄の世界」以外で作ることはないと思うし。これがあるから、年1回

梅團治さんの撮影裏話は、鉄道落語並みにパワフルで抱腹絶倒だ

作ってる。昨日のアンケートでも、年に2〜3回やってほしいって……できるか、そんなに！（笑）。ごっつう突っ込んだわ。
し　でも「鉄の世界」は続けていきたいですね。
梅　できる限りな。
し　アンケート見ると、来年も楽しみにしてますいうのんが、仰山《ぎょうさん》ありましたからね。この会は毎回お客さんが増えてるんですよ。
梅　しかも「チケットぴあ」で売れる枚数が異常に多いのや。普通の落語会やと手売りとかが多いんやけど、「繁昌亭」の席の半分以上が「ぴあ」で売れてまう。
し　他の会では、なかなかこうはいきません（笑）。
梅　落語は落語できちっとやってるし、僕らは新たなお客さんを呼んでるわけや。
し　鉄チャンにも落語を聞いてもらえる機会ですし。

梅　「初めて落語を聞きます」ていうお客さんも多いんや。その点では多少なりとも貢献してると思うねん。

し　何年か前のアンケートで、「生まれて初めて落語を聞こうと『繁昌亭』に入ったら、『鉄の世界』でした」って。可哀想に……（笑）。今の客層は、鉄道ファンと落語ファン、どっちも増えてきてるのと違いますか。

梅　ずっと来てはる人は慣れてきてはるんやね。落語にも鉄道にも慣れてきてはる。初めはもっとはっきり分かれてたよなぁ。笑うところも違うてた。こっちの人は笑うてるけど、あっちの人は笑うてない。

し　前半は古典で後半は鉄道落語でしょ。仲入りの前と後で、ウケる座席の場所が違うんですよ。

梅　それがだいぶ薄らいできて、一体感が出てきたよなぁ。

し　鉄ネタでウケる時は、客席全体でウケるようになりました。

梅　時を重ねた結果や。継続が大事なんやと……。

し　今まで〝鉄〟に興味のなかった人も、「ここへ来るようになってから、電車の見方が変わりました！」という意見なんかよく聞くようになりましたわ（笑）。

梅　そやから時々、こないだ何とか駅で変わった電車が通ったんですけど、梅團治さん、あれ何なんですか？　て聞きに来る人がおったりすんねん。今までは何も気にせえへんかったのが、気にするようになってんのや。

鉄チャン誕生・上方編

し　鉄道自体にはまったきっかけは、もうよく覚えてません。

梅　僕は中学校ん時やね。それまで全く興味なかったのに、SL好きな同級生に無理やり連れて行かれたんが、伯備線《はくび》。写真撮りに行くから言うてな。そんなん行けへん、何がオモロイねん！て言うたんやけど、当人はひとりで行くのが寂しかったんやろな。しゃあないから親父のカメラ持ってな、倉敷駅でSLが発車するのを撮ったんやけど、もうそこからいきなりや！ものごっつうはまってもうた。ファインダー覗いてると、グヮ～ッて迫って来るんやんか。もうウァ～！ってなってもうてな。今までもSLを見たことあったけど、こないに凄い思うたことはなかったわ。そっから先は、その同級生なんか比やない（笑）。ひとりでリュックサック背負うて、1週間くらい九州の方まで行ったりしたさかい。霧島神宮駅の駅舎で、寝袋にくるまって寝たりしてな。高校1年の時には北海道。夏休みにアルバイトして金貯めて、周遊券を買うて……。九州やったら、急行「かいもん」[*6]とかがあったんで、北九州・門司港《もじこう》駅を夜出て、途中大分辺りから反対から来る「かいもん」に乗り換えてな。特急はお金かかるけど、急行やからお金がいらんやんか。だから列車の中で寝て行ったり来たりして、筑豊本線を朝から撮ったりな。宮崎まで行くんやったら、そのまま乗ってな。そんなんを1週間。昔は鉄道に貢献してたんやな。今は車で移動してるからあかんわ（笑）。

し　その頃は、貢献できる列車がちゃんと走ってて、急行とか周遊券とか、いいですよね！　僕はギリギリ、中学卒業ん時に青森まで行ったんですよ。ひとり旅で「日本海」[*7]。秋田で降りて田沢湖まで行ったり、奥羽本線や東北本線を走ってた客車列車の鈍行がなくなる時で。これを乗っておこうって思って、レッドトレイン[*8]の50系か12系の3両、ＥＤ75が引っ張って。それから青森から急行「八甲田」[*9]って座席が14系の夜行急行。それで東京まで行って、東京でまた乗りまくって。周遊券は夜行バスも割引が効きましてん。１５００円増しくらいで乗れたんです。で、ドリーム[*10]号で帰ってきて……。

梅　僕と同じようなこと、しとんねんな。アホな子や！（爆笑）

し　だいたい子どもの頃から、家の中がプラレールだらけでしたん。オモチャやけど、子どもの夢でしたね。なんぼでも線路をつなげてね。ただうちは寝る時に布団敷くんで、毎晩お母ちゃんに「片付けぇ〜！」言われて（笑）。全部片付けて箱ん中に入れて、翌日学校から帰ってきたらダァ〜！ って広げて、その繰り返しですわ。家では親父が写真を撮ってたんやけど、弟もいるけど長男の僕のが写真が多いんです。例えば0系[*11]新幹線の横に僕が立ってる写真なんかもある。それを落語会のチラシに使うたり……。

梅 うんうん、よぉ使うてますなぁ。

し そんな写真が結構出てきて。きっとその頃から列車と一緒に撮ってくれて言うてたんでしょうね。[*12]梅小路《うめこうじ》のSLのカマの正面のデッキんとこに上って……。

梅 今は「上がらないでください」て書いてあるやっちゃ。

し その頃は何も書いてなかったんです。その写真が何枚もあるんやけど、僕の服が違いますねん。きっと何度も行って、何度も親父にせがんで撮ってもらってます。

梅 僕も誰かに撮ってもろてんのんがあるわ。でももの凄う少ないわ。撮影先で知り合いになった人に撮ってもろたとか、そんなんだけやろな。昔は駅に停まってるSLの前に上がらしてもろうて、写真撮っても機関士さんは何も言わへんかったしな。ナンバープレートに煤《すす》つけて、半紙を押し付けて魚拓みたいなん、あんなの取っても何も言われんかった。

し ちょっと兄さん、そんなんしてはったんですか？（笑） それは凄いですね！

梅　家ん中探したら、ぎょうさんあると思うねん。
し　半紙持って歩いてはったんですね。でも煤だからできるんですね？
梅　そうそう、煤取ってガ～ッ塗ってな……
し　わ～っオモロッ！　〝SL拓〟やないですか。
梅　昔はそれだけのどかやったてことやな。せやさかい、長いこと停まる時は、「あ～かまへんで、かまへんで！」てな、「あと何分だから早うしぃや」て言われてな。

落語家への道

梅　あ～落語でっか？　落語は鉄道よりずっと後や（笑）。大学入って、落研《おちけん》に入ってからや。お笑いは好きやったけどな、落語が好きやから落研に入ったわけでもないしな。新喜劇や漫才が好きやってん。藤山寛美《かんび》[*13]先生とか花紀京《はなききょう》[*14]さんとかな。でも大学の演劇部は、どうみてもそんな感じやない。あ～この人らとは違うわ。んで、落研が一番自分の好きなんに近そうやなって思うて入ったんや。でな、僕の高校卒業とSLが日本から消える時期が、ちょうど重なったんや。SLが撮りに行かれへんようになってしもた。もしまだあの時に走ってたら、落研なんか入らずに追い

筋金入りの落語少年だったしん吉さんの話に感心しきりな梅團治さん

かけてたと思うわ。写真も撮りに行かれん、何しようかな？　て思った時に落研があってん。

し　僕はもう小学校4年の時に、落語やないけど人前でやってました。教卓の上に正座して喋ってましたわ。

梅　小さい時から変わった子や（笑）。

し　それはもう、うちの母親の影響です。毎週親が見てたんで、何となく『笑点』見てましてん。番組の前半で、短いけど落語をやるでしょ。後半の大喜利《おおぎり》は大勢の落語家が出てくるけど、落語はひとりやないですか？　ひとりで客席を沸かせるんは凄いと思うてて。その時、学校でお楽しみ会があったんですわ。教室の椅子と机を後ろへやって、そこで各自が何かする。リコーダー吹いたり手品するとか、手作りのちょんまげかぶってプラスチックの刀持って、チャンバラするのんとか……。そん中で僕はひとりで落語をしたいて言うて。ま、漫談みたいなもんですけどな。

梅　着物着たん？

し　着物は着ません。椅子に敷いている小さな座布団を教卓にのせて、半ズボンで正座して。おかんと一緒にネタを考えてね。完全に味しめましたわ……。だから入りは上方落語やなくて、『笑点』の落語コーナーに出ていた[15]米丸《よねまる》師匠なんですよ。ソウル・オリンピックの頃やったんで、そんな時事ネタを入れた噺やったと思います。それから古典落語を知って、上方落語を知って、図書館で本借りて。

梅　ほんで高校も、そういうところへ行ったんやな。

し　[16]染丸《そめまる》師匠が教えに来てくれはった学科があった、[17]東住吉高校の芸能文化科。僕は2期生なんですわ。たまたま親父の知り合いがそこの教頭で、「おたく中3の息子さんおりましたな。よかったらこないだ取材に来た新聞の切り抜きあげますわ」言うから、僕それ見たら……。

梅　あかんわぁ！　好きな子にそんなん渡したら絶対あかんわ！（笑）

し　まさに凄いタイミング（笑）。そこへ行くいうことは、もう噺家になりたいて思うてたわけですわ。それがきっかけですね。

梅　あ〜オモロイわぁ〜。なる人ていうのは、なるべくしてなっとんねん。僕は九州の大学やからなぁ。落研の部員が40人くらいおったんやけど、35～36人は東京の落語なんや。九州の人は大阪弁を喋られへんからな。4～5人いてる上方落語やるんがめちゃくちゃ訛《なま》ってる。僕の師匠になった先輩も東京落語やったから、最初は柳朝師匠[*18]の『鮑《あわび》のし』。でも上方落語をする人が少なかったんで、「君、岡山だったら大阪弁喋れるだろ?」て、岡山弁と大阪弁は全然違うのに（笑）！「君、近いから」て！　で1年の秋から上方落語になったんや。

し　その時は訛りを直そうということになったんですか?

梅　僕は一生懸命に音を聞いて覚えようとしたけどな。ただうちは両親が和歌山の人間で、親戚のおばちゃんとかが大阪に住んでたんで、正月に集まると、関西弁が入り乱れてる感じやったんで。それが救いやった。

し　今はもう全く岡山弁を喋ってはったなんて、感じられへんですもん。

梅　大阪弁は難しいねんて。

鉄道落語ができるまで

し　鉄道の落語を作るのにはっきりした動機はないように思いますわ。ある時期から「僕は鉄チャンです〜」ってカミングアウトしだしたんですよ。ある時わが家に取材が来たんです。兄さんにも来てもらったんやけど。当時世間で「電車男[19]」いう言葉が流行ってた頃ですか？「落語界の電車男」っていうタイトルで、僕の家にカメラを潜入させたいと。ただ僕は乗り鉄なんで、特にアイテムがなかったんです。それで昭和[20]3年製の古い阪堺《はんかい》電車を貸し切って、鉄道の話をするいう番組。あれが凄い好評だった。それを見てた人が、もっと鉄道の話をしたらエエのにて言うてくれて、あぁこれは言うてもエエのんかなぁ？　言わしてもうてエエ？　みたいな。ほんなら一遍、落語作ろうかなて流れやったです。

そもそも当時のブログに「阪急京都線[21]の2300系に乗りました。この車両は他の京都線の車両より幅が少し狭いので扉の外側にステップがあります。それと梅田寄りの前のパンタがいい」とか写真と一緒にアップしてて……。そんなんをたまたまABC朝日放送のディレクターが見て、何でこんなこと知ってるんです

すでに実際の車両が、頭の中を駆け巡る？

か？て聞かれたあたりから始まってるんですわ。

梅　僕は噺家になる時は、全く撮影をしてへんかったからなぁ。大学の落研に入ってから一切やめてたさかい。まぁ修業中は師匠も厳しかったから、そんなん行ってる場合やないし。結婚して、阪神淡路大震災があって、あの年の3月に「SLやまぐち号」[*22]が、例年のように走り始めるけど、震災でC57の1号機が（神戸の）鷹取《たかとり》工場でひっくり返って、修復のために日数がかかるんで、春はC56[*23]が代走するいう新聞記事が出てたんや。やめてたから知らんかったけど、え～SLてまだ走ってんねや！　息子が2歳くらいやったかな。「俺、昔こんなん撮ってたんや」て嫁はんに言うたん。撮り鉄やったこと、嫁はんに言うてなかってん。自分でも完全に撮り鉄やったこと忘れてたんや。ほんなら家族旅行へ行こかてなことになって、錦帯橋《きんたいきょう》見たりとメインは観光で、ついでにSLでも久しぶりに見よう言うて「SLやまぐち号」んとこへ行って、ポーちゅうのを聞いたんがあかんかった……。ポーッて、また復活や（笑）。その年ね、貯めてたお金を100万円くらい、全部使うてもうた。カメラ買うて、その年運悪く、シロクニ（C62）の3号機「ニセコ」[*24]が、秋で終わるていうから、その年だけで北海道へ家族3人で3回も行ったんや。「お父さん、お金みんななくなったで」て呑気な嫁はんや。10年以上まったく撮らずに、いきなり復活や！　僕と同い年くらいの復活組いうのんは、いっぱいいいるのや。

し　だからもう兄さんのことはかなり早い時期から、風の噂で知ってました。写真集を出してはったり、個展をやりはったりとか。でも始めの頃、そんな話何もしてはらへんかったでしょう？

梅　そんな趣味のある人、おるとは思わんもん。僕はしん吉君が電車の音のモノマネやってるいうのを聞いて、あぁ好きなんやなって。

し　僕も好きやけど世代的にSLを知らんから、それに撮りに行くんが大変やし。僕はまず手近なところから鉄道を楽しむという方向になったんですわ。

梅　手近ちゃうで、こないだは東北の方まで行きよって（笑）。何が手近やねん！

し　まぁまぁまぁ、あれは用事があったんで（笑）。三鉄（三陸鉄道）に乗ろう、思いまして。大阪発仙台行きの毎日出ている夜行バスがあるんです。それで仙台駅前に着いて、仙台から新幹線で盛岡行って、すぐ連絡してたJR山田線の快速「リアス」に2時間揺られて宮古《みやこ》。宮古から三陸鉄道で小本《おもと》駅。ここからはまだ駅が流されて不通なんでバスで田野畑《たのはた》駅。1時間ちょっと待って、田野畑駅から普通列車に乗って久慈《くじ》駅。駅の近所にトラックの運ちゃんが雑魚寝《ざこね》するようなサウナみたいなのんに泊まって、朝10時発のJR八戸線で八戸へ行って、すぐ新幹線「はやて」に乗って上野に行ったんですわ。

梅　その日の夕方が仕事やったん？

し　はい。

梅　はいって……（笑）。僕が東京に行った時は、大阪から新快速で大垣《おおがき》まで行って、そこから「ムーンライトながら」[*25]の連結器部分にいてたんよ、席が取れなんだから。で、東京駅まで行って、横浜へ戻ってラストランが迫ってる「富士・はやぶさ」[*26]を撮ってな。もう列車が遅れてドキドキしたわ。これ以上遅れたら高座に穴開けるとこやってん。「富士・はやぶさ」撮れるからこの仕事受けたのに、もし撮れなんだら何のために……どんなやっちゃ！（笑）。撮って慌てて上野に戻って、落語協会の2階や。

し　僕は東京に年間4～5回行きますけど、まともに東京へ行ったこと、あまりないですわ。18[*27]きっぷがあると、いかに寄り道できるかて考えてしまいますから。

梅　18きっぷあると、途中で遊べるもんな。けどドンドン遊べるとこが少のうなってきてるけど。もう岳南《がくなん》鉄道の貨物も終わってしもたしな。

し　そういえば、JR飯田線に乗りました。去年の夏。あれ、走破するのんに6時間半かかるでしょ？　豊橋から辰野まで。

梅　6時間半もかかるんか？

し　はい。それに走破する電車も少ないですけどね。

豊富な乗車体験や撮影経験が、鉄道落語に活かされていく

梅　どっかで乗り換えな、行かれへんのやろ？
し　天竜峡までのやつと、もっと豊橋寄りの駅までしか行かんやつが多いんです。
梅　通勤通学用にな。
し　そっから先まで行く本数が3分の1か4分の1くらいになって、天竜峡で連絡してるかっていうと、してないんですわ。
梅　そんなに乗る人がおらへんからや。
し　あの線は秘境駅[*28]がいっぱいあるんで、そのどっかに降りようと思って。一番の秘境駅はどこかって調べたら、小和田《こわだ》駅やと。昔はあった交換施設[*29]も撤去されて……。
梅　交換施設があると税金がかかりよるからな。
し　へ〜っ、そうなんですか？
梅　うん、あれがあると税金が高いねん。俺そんな話聞いたことあるわ。

し　そこはね、利用する人がいないはずなんですわ。家もないし。集落に行くための道があるんですけど、途中に吊り橋があって、それが朽ち果てて……。

梅　落ちるやんか！

し　そこまで20分かかるんで行かれへんかったんです。途中で1本来る電車を撮りたかったんで。昔は近くに集落があったんですけど、ダム湖ができて水の底なんです。それで秘境駅になったんです。小和田駅の前後5つくらい秘境駅が続いてて、ここだけ舗装された道が一切ないんです。国道は谷の上で、そこに出るためには吊り橋を渡らないかん。もう正味孤立。祠《ほこら》だけ移した神社があって、なんか怖いんですわ。雨上がりで人工湖がもやってて、神秘的ともいえるし、怖い雰囲気があって、そこでアブに刺されまして……。誰にも助けを求められんでしょ？　うぁ～こわ～って（笑）。

梅　そういう時、ひとりやったら寂しいやろな。

し　寂しいですね。そういう体験は、高座でもバンバン喋ってますわ。

梅　そりゃ多いわ。ネタと関係なくてもマクラで喋る。お客さんもよう知ってはるからね。そんなマクラやったら、そういう時他*30の噺家さんと絶対つかんしな。

し　絶対つかへんです（笑）。

梅　昔からある小噺なんかをマクラでやると、たいがい別の噺家さんの噺とつくやんか。鉄道の話なんか絶対つかん（笑）。

し　その小和田駅のことで落語作ろうと思うたんです、去年ね。でも最終的にも小噺止まりでしたわ。湖から女神様が出てくるっちゅう話なんですけど。阪急の車両模型を持って。

梅　あ〜、それ聞いたことあるな。こんなんできましたって……。

し　新しい模型を手に入れてウァ〜ッて喜んで、飯田線の小和田駅で降りて、次の列車が来るまで時間があるし、湖の畔まで行って石をピョンピョンって投げてたんですわ。その勢いで模型を投げてしまって。あ〜どないしょ〜て思ってたら、女神様が出てきて、「あなたの落としたのは、金の阪急電車ですか？」「違います」「銀の阪急電車ですか？」「違います」「阪急マルーン色の阪急電車ですか？」「阪急マルーン[31]色の電車です」「あなたは正直な人です。では金の阪急電車をあげましょう」。……マルーンが欲しかったのに金色をもろてしもたという（笑）。

梅　これを落語にするのんは、引っ張るのが大変やね。

し　ここに至るまでの前を膨らますんが、でけへんかったんです。

梅　でもそれ面白いやん、なんとか落語にしたいやんか。

し　したかったんですけどねぇ……。

鉄、鉄を語る

し　お兄さんの鉄は、お金がかかるやろなぁて思います。でもめちゃくちゃ羨《うらや》ましいですわ。撮影ポイントを体で全部覚えてはって、その行き帰りの道中もね、ここの温泉はこういう効能があってとか、エエ温泉があるとか、ここの近所に安いスーパーがあって昼飯買うねんとか、ここで高速道路使うより並行するバイパスのが安う行けるとか、このサービスエリアでいつも寝てんねんとか、ここでこれ食ったら旨いとか、全部分かってはるやないですか。地元の人ですか？　いうくらい詳しいし。もう撮影を満喫しまくってはる。これはあの理解ある奥さんが偉いなぁ思うたり。そっくりな息子さんもできて、お父さんの行動を全部理解してるわけですよ。これは羨ましいです！　ここまでできる人はおらんでしょ？　それをやってしまってるのが凄いわ～。兄さんもよく言わはりますけど、撮り鉄の人って、平日の真っ昼間に、こういう臨時列車や試運転が走る言うて、人気な列車やったら、2時間、3時間前から三脚立ててね。そういうとこに100人くらい居たりすると。お前ら普段何しとんねん！（梅團治に）あんたもですよ（笑）。そんな人って世間に何人かおるんですね。

梅　そんなん、いつも思うわ。何しとんねんて。

し　噺家は平日暇やから。

梅　寄席とか出てたら別やけど、仕事はたいてい夕方からやしな。でももう体力はあかんねん。どんどん衰えていくわ。ちょっと減量せんとダメやな。ちょっと膝壊してるし。しん吉くんもな、奥さん若いのに理解あるなて思うわ。東北経由で東京行ったって、どう考えても変やで（笑）。でもその旅費かて、普通に新幹線で行くよりずっと高うつくしな、ギャラなくなるんちゃうかなって。大きなお世話や、心配すなって言うやろけどな（笑）。仕事になってんのんか？て。でもそれはお互いに言えることやな。だからこの頃は、しん吉君のブログ見て勉強すること多いんや。撮った写真を見てもな、あぁこういうところに目が行くんやなって……。僕らやと見過ごしてることを、見つけるのが上手いと思うわ。ごちゃごちゃしてる隙間から撮ったりな。僕はどうしてもエエ場所にぽ〜んと行ってしまうやろ？　街ナカで撮り慣れてるからやろな。こないだの（梅田の）陸橋んとこもビックリしたわ。なんやあの怪しいマスクした奴は？って。小梅が先に見つけたんや。「あれ、しん吉兄さんと違いますか？」て。え〜っ……わっ！（笑）。ほんまや、あんなことしてるアイツ！　あん時は「鉄の世界」の宣伝を兼ねてラジオに出るんで、大阪駅から毎日放送に行くのに、あの陸橋の上を通ったら、同じ番組に出るしん吉君がいたんや。

ガレージにレールを敷いた強者

し　大阪駅と阪急電車を結ぶ陸橋ですね。大阪駅に大きな屋根がバ～ンとできて、意外とあれ撮ってないなぁ思うてね。北っ側のビルの上に「三省堂」かなんかあって、その窓ガラスから駅のホーム全景が見えるんですわ。そっちは斜めの屋根の高い方なんで、全然邪魔にならずに電車が見えるんです。なんか今日びの電車ってシルバーが多くて、上から見るとみんな同じような色なんですよ。だからあんまりオモロないなって印象があって。あぁこの時間、「こうのとり」*32が来るわ、381（系電車）や、これ撮ろって思ったのがその時間でしてん。ほたらたまたま（笑）。

梅　僕も去年の3月に「日本海」がなくなる直前に大阪駅へ行って、駅の全貌入れて撮ったなぁ。ただここは柵があって暗いのよね。なくなる車両と新しい駅と一緒に撮るのはエエなぁ思うて、あの陸橋へ撮りに行ったな。

し　それ以外で兄さんと会ったことはないですね。兄さんの場合は行動範囲が広いから。

撮影旅行で車を乗り潰す勇者

梅　撮りに行く場所が遠いからな。今の車が3年半に24万キロ（インタビュー時）。前のやつが、33万キロで動かんようになったん。交差点で止まってて、信号が変わってアクセル踏んだのに発進せえへんのや。ギアが摩耗してて噛まんようになってしもて、ガッガッガッてな。ギアを取り換えなぁあきません言われて新車に買い替えたのや。鉄道を撮り始めて、今の車が3台目。最初が19万、次が33万、今が24万キロや。

し　兄さんは1回の移動距離が尋常やないから……。

梅　年間6万5000キロくらい走ってるんちゃうかな？

し　新潟公演の時にご一緒させていただきました。山口にも行かしてもら貰いましたわ。豊田、大井川なんかも。移動は基本は車、飛行機なんか論外でしょ？　だって九州から会津までバ〜ンと行きますやんか。千何百キロを2日かけて走る。それも熊本で仕事が終わった2日後に会津の只見線[33]でSLが走る言うて。

梅　イベント列車のDE10形[34]牽引の客車「火の山」[35]を撮った後な。立野《たての》駅で夕方バルブ[36]撮影してな。よ〜し、今から只見や！ いうてな（笑）。

し　立野から只見て（笑）。

師匠から見たマニアぶり

梅　うちの師匠[*37]は知らんのちゃうかな（爆笑）。鉄道が好きやていうのは知ってはるけど、そこまで言うてないもんなぁ。鉄道落語やってるて、知ってるんかなぁ？

し　いや、なんぞで見聞きして、知ってはるんと違いますか？

梅　そうかもしれんなぁ……いや、知りはれへんやろ！　どっちみち言うても、こっちもエエ年のおっさんやさかい。それに裸で高座を走り回ってるわけやないし。ただな、落語もせんで写真ばっかり撮りに行ってる言うたら、怒られるかもしれんけどな（笑）。あっ、写真撮りに行って、転落して怪我した時は叱られたわ。馬鹿者っ！　言うてな。崖から落ちて骨折れて、記憶失のうてな。えらい怒られたわ（爆笑）。

し　そりゃそうですわ！　話聞いたら、命懸けのことやったそうですやん。だいぶ昔らしいですけど……。

梅　北海道、シロクニの3号機。貯めたお金使こうて撮りに行った、最後の時やね。線路を道路がオーバークロスしてる場所でな、道路から線路まで落ちて……。嫁はんは車の中で、亭主はいつまで経っても帰ってけえへん、子ども（小梅）はまだ2つくらいで寝てるし、外はみぞれ混じりや。あの人はどないしてんのやろ？　って、骨折して記憶喪失で倒れてんねん、クックッククク（笑）。

し　楽しそうに言うてますけど、たぶんもの凄いことになってたんやと思います。

梅　落ちる時も傘差してな、メリー・ポピンズみたいにな……。

し　そんなアホな（笑）。

梅　単なる酔っぱらいのオッサンの話みたいになってもうた……。

し　僕が新作を作り始めたんは、師匠[*38]が亡くなってからですわ。でも僕が鉄道好きってことは師匠も分かってはって、嬉しそうに言うてくれましたよ。うちの師匠と一緒に写ってる数少ない写真の中で、飛行機の中で機内誌にたまたま電車の写真があって、「ほれしん吉、これ見てみい」「わ〜っ！」言うてんのがありますねん。

梅　ほ〜、そんなん撮ってもらったんか？

し　阿部さん（しん吉のマネージャー）が撮ってくれましてん。

梅　そらありがたいなぁ……。

し　僕は住み込みが米朝[39]宅やったんですわ。大師匠をマッサージしてる時に「おまはん好きなものはないか？」「あっ、僕は鉄道が好きです」「おっ、そういうものはひとつ持っとくべきや」て褒められたんです。「噺家には無駄なことは何もないから、人より多く語れるものを持っといたら、いずれ商売につながるかもしらん」て、先に言われましてん。

梅　ちゃんと商売につながってるやんか。

し　米朝師匠の言わはった通りです。このお師匠はん、凄いなぁ思うて……。せやから春團治師匠も分かってはりますって、兄さんのこと。わが弟子ですからね、こういうのんが好きな弟子がおるて、気にしてますよ。

上方の鉄系落語事情

し　落語作家の[40]小佐田《おさだ》定雄先生も、実は鉄チャン。

梅　「鉄の世界」にもよく顔を出してくれますわ。

し　兄さんよりちょっと上やけど、ほぼ同じ世代。現役のSLを知ってる世代の先生が作りはったんで、今、[41]雀三郎《じゃくさぶろう》師匠がやってはる『哀愁列車』[42]いう噺があります。時代も車両も漠然としてますけど、ボックスシートで、客車列車で鈍行で。その時点でもう〝今〟ではないんですわ。冬の北国に行く設定です。たぶん先生は、具体的な鉄道を想定してるはずですわ。ナハなんぼ？とか。オハ[43]ではなくナハです。この時代のこの客車、この路線のこの時間の鈍行てイメージして書いてる噺を、そこまで知らない雀三郎師匠がやってはるんですけど、雰囲気が出てるんです！エエ雰囲気の噺です。僕にはできないんです、世代的に……。

梅　小佐田先生の鉄道落語は、それしか知らんなぁ。先代[44]の染語楼《そめごろう》師匠は、『地下鉄』[45]ちゅう噺を作ってはった。上方の新作落語の師匠やった。他にも『食堂野球』とか『市民税』とか『青空散髪』とか、新作落語を数多く作ってはった人や。うちの師匠よりちょっと上の年代ですわ。

し　あの噺は昭和30年代の設定です。

梅　最近やと[46]遊方《ゆうほう》君がな、新幹線の車内風景を噺にしてるわ。

し　そや、あと[47]文鹿《ぶんろく》兄さんも『くろしお2号』[48]かなんか、作ってはります。

梅　文鹿君は昔、鉄チャンやったんや。ただ彼の場合は多趣味なんでな。遊方君は鉄道には全く興味ないはずやけど、仕事柄、新幹線によう乗るんで、その風景をひとつ落語にしたかったたて言うてたな。

し　確か携帯電話のマナーの噺ですわ。あと噺家には、隠れ鉄がいますね。
梅　＊49米二《よねじ》兄さんがそうやね。
し　米二師匠、＊50塩鯛《しおだい》師匠、＊51喬若《きょうじゃく》……。
梅　喬若も今は分からんな。前に大井川鉄道落語会かなんかに出てもろた時、ずっとカメラ持ってＳＬの写真撮り歩いとったわ。
し　皆ちょっと封印してるとか、昔やってたとか、事情があって言えないとか（笑）。
梅　でも僕らみたいに呆れ返るほどやないと思うわ。
し　僕らは鉄っぷりに関しては進化し続けてますからね（笑）。これからも進化した鉄道落語をバンバンやります。僕自身、発展途上やと思てますから。
梅　まだまだやがな！

関西私鉄おもしろ見立て

梅　阪急沿線は上品な感じがするわ。乗客もどこかそんな感じや。乗ってる女の人が、皆お嬢さんに見えてくる。他は違うんか言われると、語弊があるけどな（笑）。お嬢さんが乗ってる阪急。

し　阪神は、……庶民的な感じがしますねぇ。

梅　言葉選んだな（笑）。

し　阪神間ていうのは、阪急、ＪＲ、阪神、並行して走ってますけど、阪神が一番海寄りで。

梅　工場が多いんよ。

し　特に芦屋とかいう土地は、細長い、ホンマ小さい市なんやけど、山側が凄い高級住宅街で、真ん中は国道2号線とかある辺りで、確かに中流な感じですわ。で、海側に行くと……芦屋でも庶民的な感じで。芦屋自体が高級な感じなんですけど。

梅　あの辺は芦屋に限らず、山側ほど高級感があるな。勝手なイメージやけど、関西の人は皆そう思うてるはずや。

し　ホンマはどうやねん？ て調べた人はおらんやろけど、イメージと、ある意味、一般常識なんちゃいますか？

梅　関西で一番田舎を走ってるんが、近鉄っちゅう感じがするけど。南海は値段高いて、そんなこと書かれへん（笑）。うちの師匠がずっとぼやいてたわ、「なんであない高いねん」て（笑）。

し　*52歌之助《うたのすけ》兄さんがＪＲの新快速に乗って京都に行く時に、お腹《なか》が空いてて駅のコンビニでおにぎり買うて、電車の中で座って食べようと思ったんやけども、転換クロスシートやから新幹線でお弁当食べるんと同じ感覚で食べようとしたら、隣の人が本読んでて、まるでおにぎりを食う状況やない。だから京都駅まで辛抱したんやと（笑）。補助椅子に座った時はなおさらで、阪急なんかはもっと混んでいて、地下鉄もあかん、環状線もあかん、関西の電車はおにぎり食うのも気ぃ遣うわぁと思うたら、南海だけは食べられたて（爆笑）。これ聞いて、お〜お〜、ホンマやなぁって。なんか知らんけど、南海は食うてエエ雰囲気やったって。

梅　そうかもしれんなぁ（笑）。

し　近鉄も田舎の方へ行ったら大丈夫やけど。

梅　阪急はおにぎり食いにくいわぁ〜、阪神も思わんな。

し　阪神は新しい車両が多いから……。

梅　近鉄も特急とかに乗りゃ、弁当食おうと思うけど。京阪は……、うちらが京都に行く時はいつも京阪やけどな、普通列車に乗らんもんな。

し　普通は京橋から萱島《かやしま》までは駅の間隔が短いから。

梅　隣の駅が見えてるもん。歩いても行けるとこや。

し　そういう意味では京阪は忙しいですね。京阪[*53]は歴史的に言うと可哀想な電鉄で、阪急京都線に線路を取られたとか、近鉄京都線に線路を取られたとか、カーブが多うて、大阪〜京都間のスピード競争には負けてますのんで。そこでいつも知恵を紋って、テレビカーとか2階建てとか、スプリングの吊り革とか、上下する椅子とか。そういう知恵で勝負してきたとこです。

梅　いつもうちらが京阪を使うのは空いてるからなんやけど、流行ってないちゅうことか……。

し　でもそれはひとつのメリットやと思いますわ。

梅　あ〜今日は荷物多いしなぁ、この時間にＪＲ乗ったら混みよるし……。京阪乗ろ！ってな（笑）。

し　もひとつ京阪が偉いんは、ダイヤがあんまり乱れない。他はちょいちょい遅れたりします。

梅　でも最近は横文字のなんとか特急いうのが増えてな、やたら駅に停まりよるねん。これやったら急行やんけ！って。昔の京阪は京橋を出たら七条まで停まらんかったのになぁ。

し　そら阪急も何も、皆そうです。昔は新快速が普通に通過してた高槻《たかつき》も、今は停まりますやんか。

梅　僕が大阪に来た時[54]は、ＪＲの新快速が新大阪も停まらなんだからな。大阪の次が京都やってん。これは笑うたで。*文福《ぶんぷく》兄さんの仕事について行くことになって、千里かどっかなんで各駅停車が来るまで待っといたらエエのに、「新快速来たから、これに乗って新大阪で乗り換えよう」言うから「いや、これ停まりません」て僕が言うたん。「そんなはずはない、新大阪を停まらん電車はない！」。停まりませんて言うてんのに無理やり乗って、プシューてドアが閉まって、「次は京都[55]」（笑）。でまた大阪まで戻らなあかんやんか。その頃まだグリーン車のある快速があったんや。113系[*]や。グリーン車は人おらへんから、そこで衣装を着替えさしてもろおうて車掌に言うて、もう時間がないねん。そんで茨木かどっかで各駅停車に乗り換えて、滑り込みで会場に入ってな、前の出番の人がつないでてくれたんやろな、ギリギリで。でも考えたら面白いよなぁ、新幹線が停まる駅に新快速[56]が停まらんいうのも。

し　今それは「サンライズ[*]」だけですね。あれ大阪の次は浜松か静岡や。

梅　夜が明けるまで停まらへんいうことやな。

し　新大阪を一切減速せんと通過するんですよ。結構気持ちいいですよ。大阪0時34分やったかな。大阪から東京へ行く時、結構使うてます。上りは大阪にも停まるんです。新幹線の切符持ってて乗車変更すると、2000円くらいお釣りくれるんですよ。新幹線の切符より安いんですわ。

極めて大いなる野望

梅　僕は鉄道落語の大ネタを作りたいわ。いわゆる人情噺風の大ネタを。それも普通の落語会のトリでできるようなんをね。１本くらいは作りたいと思うねん。ずっと古典落語が続いた後、最後で鉄道落語の人情噺をパーンとやって、パッと終わるみたいなん。せっかくここまでやってんのやったらね。「鉄道落語が寄席のトリ取ったでぇ！」て言われるような……。特別の会やない昼席かなんかでな。

し　僕は「繁昌亭」や動物園前にある*57「動楽亭《どうらくてい》」なんかの昼席で、一般の方がいる前でできる噺を作りたいですわ。僕の噺にはいつもマニアが出てくるんですけど、鉄チャンを登場人物にせえへんで、しかも一般の人が聞いて「鉄道も面白いな」思える落語が作りたい。僕は大ネタでなくても、短くてもエエです。僕はお稽古に行って、鉄道落語を２つ仕入れてるんですわ。染丸師匠には『地下鉄』ていうネタ、大阪の御堂筋線を扱った噺を教わって……。

梅　最前話した先代の染語楼師匠が作った噺やな。

し　それと東京の志の輔師匠に『みどりの窓口』。これは２つとも鉄チャンが出てこないんです。これは僕にはできないことですわ。そやからそのエッセンスを知りたいなと思うて、お稽古に行ったんです。

梅　結局、鉄道マニアじゃない方が、できるんかもしれへんな。

し　そうなんですよ！

梅　変に知ってると、どうしても入れたがる（笑）。
し　そこにジレンマがありますねん。
梅　電車を待ってる駅の風景とか、車内の様子とか、そんなんで作れば電車が出てきても、そないにマニアックにならへん。『結婚式風景』とか『相撲場風景』とかあるしな。でもな、やっぱり入れたくなるねんて！
し　入れたくなります（笑）。これ矛盾なんですわ、入れたいいうのは、知って欲しいっていう思いもあるし、でも一般の人には分からへんやろなってのもある……。
梅　でも分かってもらいたい。だからマニアックなことを入れとうなる（笑）。
し　たとえ笑いに関係なくても……。
梅　それをいかに一般の人にも分かる笑いに結びつけるかいうのんが、我々の使命感か……って、そない大層なもんやないけどな（笑）！

（注）

＊1　**「鉄の世界」**……「天満天神繁昌亭」で毎年12月に開催される2人のマニアック落語会。前半は「趣味の演芸」と称する古典落語、後半は「本気の鉄」と銘打って、この日のために作った鉄道落語を披露し、本気の鉄道写真スライドショーと、梅團治の写真を使ったカレンダーが当たる抽選会が行われる。常連のお客さん多数！

＊2　**103系**……「鉄道落語対談―東京編」の注（142頁）、『鉄道スナック』の注参照（183頁）。

＊3　**「繁昌亭」**……天満天神繁昌亭。大阪市北区天神橋にある寄席。第二次大戦後、途絶えていた上方の落語専門の寄席が、平成18年（2006）に大阪天満宮の敷地内に復活した。建設費の多くは個人や企業の寄付で賄われ、建物内外に飾られた提灯には寄付者の名前が書かれている。定席として昼夜毎日公演している。

＊4　**201系**……「鉄道落語対談―東京編」の注参照（147頁）。

＊5　**テレビカー**……テレビの本放送が始まって間もない昭和29年（1954）に運行を開始した、車内にテレビ受像機を設置した列車。長い歴史を誇る名物車両も、平成25年3月に営業運転終了。

＊6　**「かいもん」**……昭和34年に鹿児島本線に登場し、博多駅～西鹿児島（現・鹿児島中央）駅間を走った。急行になるのは7年後。

＊7　**「日本海」**……大阪駅～青森駅間を結ぶJRの寝台特急列車。定期運行は終了した。

＊8　**レッドトレイン**……昭和52年に誕生した、50系客車と呼ばれる旧国鉄車両。その車体カラーからレッドトレインとも呼ばれて全国で運用され、JR化以降も活躍した。

＊9　**「八甲田」**……青森駅～上野駅間を結ぶ夜行急行列車。かつては寝台車も連結されていたが、後半は座席車のみの編成。平成10年に営業運転終了。

＊10　**ドリーム号**……昭和44年誕生以来、現在も運行を続ける東京～大阪間を結ぶJRの夜行バス。

＊11　**0系新幹線**……『鉄の男』の注参照（83頁）。

＊12　**梅小路**……大正3年（1914）に造られた蒸気機関車の車両基地・梅小路機関庫を、昭和47年、動態保存を目的とした博物館「梅小路蒸気機関車館」として開館。

＊13　**藤山寛美**……昭和4年生まれの上方を代表する喜劇役者。劇作家・プロデューサーの才能も高く、松竹新喜劇の大スターとして君臨し、その舞台はテレビでも数多く放映され、大人気だった。破天荒な逸話も多い公私ともに波瀾万丈の天才。平成2年没。

＊14　**花紀京**……昭和12年生まれの喜劇役者。若くして吉本新喜劇の座長を務め、人気漫才師として活躍した時期もある。父親はエンタツ・アチャコの名で一世を風靡した横山エンタツ。

＊15　**米丸**……「鉄道落語対談―東京編」の注参照（143頁）。

＊16　**染丸**……林家染丸。昭和24年生まれの上方落語協会所属の噺家。三味線・日舞の素養を生かし、華やかな音曲噺を得意にする。後進の育成にも熱心で、東住吉高校の芸能文化科講師の後、現在は京都造形芸術大学客員教授を務める。

＊17　**東住吉高校の芸能文化科**……昭和30年に開校し、平成5年に全国初の芸能文化科を設置した大阪府立高校。能、歌舞伎、狂言などの古典芸能から、各種邦楽、演劇、放送技術、舞台美術など、多くの分野を、第一線のプロを講師に招いて修学する。

＊18　**柳朝師匠の『鮑のし』**……梅團治が覚えたのは先代の五代目春風亭柳朝のテープ。べらんめえ口調と小気味よい高座は、江戸前な風情に満ちていた。また慌て者や乱暴者も得意で、間抜けだが人のよい男が受け売りの啖呵を披露する『鮑のし』は、柳朝の気風にもピッタリ。

＊19　**「電車男」**……ネットで話題になり、書籍化、映画化、テレビドラマ化と全てヒットした純愛

物語。電車内で運命的な出会いをしたアキバ系オタクが、ネット内の人々のアドバイスを得て、片思いを成就させようとする。

＊20 **昭和3年製の古い阪堺電車**……阪堺電車は古い車両が多いことでも有名だが、昭和3年製はモ161形電車と呼ばれ、阪堺電車最古の車両。

＊21 **阪急京都線の2300系**……昭和35年に誕生した、阪急電車を代表する車両。

＊22 **「SLやまぐち号」**……昭和54年に運転開始した、C57蒸気機関車（貴婦人）が牽引する列車で、山口線の新山口駅～津和野駅間を走る。平成23年に乗車200万人を突破した人気列車。

＊23 **C56**……昭和10年から製造された、小型テンダー式蒸気機関車。シゴロク、またはポニーの愛称で知られる。テンダー式は炭水車が後方に付く形式で、一体型のものはタンク式。

＊24 **「ニセコ」**……昭和23年に誕生したC62形蒸気機関車が牽引するSL列車。函館本線小樽駅～ニセコ駅間を結んでいたが、平成7年で運行を終了した。現在、臨時列車「SLニセコ号」として札幌駅～蘭越駅間を走っている。

＊25 **「ムーンライトながら」**……東海道本線の大垣駅～東京駅間を走る夜行快速列車。「青春18きっぷ」御用達《ごようたし》列車として有名だが、現在は春休み、夏休み、冬休みなどに運行する臨時列車になった。

＊26 **「富士・はやぶさ」**……「富士」は82頁の注参照。「はやぶさ」は昭和33年に運行開始した東京駅～熊本駅間を結ぶ寝台特急として活躍。平成15年からは「富士」と「はやぶさ」が東京～門司《もじ》間で併結運転していたが、平成21年に惜しまれつつ運転終了した。

＊27 **18きっぷ**……青春18きっぷ。『鉄の男』の注参照（83頁）。

＊28 **秘境駅**……「鉄道落語対談―東京編」の注参照（148頁）。

＊29 **交換施設**……単線で上り下りの列車の行き違いをするための施設。その多くは駅にある。

＊30　**他の噺家とつかない**……噺の傾向がかぶらないこと。同じ日の落語会や寄席に出演する噺家は、他の出演者と同じジャンルの噺をしないのが暗黙の了解。それは演目だけでなく、マクラでも同様。

＊31　**阪急マルーン色**……阪急電車の車体色でお馴染みのチョコレート色だが、しん吉が元運転士に尋ねたところ、栗（マロン）が語源とのこと。

＊32　**「こうのとり」**……新大阪駅～城崎《きのさき》温泉駅間を結ぶＪＲの特急列車。平成24年12月現在、旧国鉄の特急型車両183系や381系も運用されているが、近い将来に新型の287系に統一される。

＊33　**只見線**……福島県の会津若松駅～小出《こいで》駅間を結ぶ、ＪＲのローカル線。季節限定のイベント列車で、真岡鐵道から借り受けたC11蒸気機関車を利用する「ＳＬ只見線奥会津号」が運行される。

＊34　**ＤＥ10形**……昭和41年から導入されたディーゼル機関車。運転室を中央に、前後に機器類を収納するボンネットを配した凸型車体で人気が高い。

＊35　**「火の山」**……昭和29年から快速、その後準急列車として豊肥本線を走ったが、平成4年にその名称が消滅。平成21年、臨時列車としてディーゼル機関車に牽引され、その姿が披露された。

＊36　**バルブ撮影**……シャッターを開いたままの長時間露光による撮影。夜間などの採光が乏しい場合や、天文撮影などに用いる。

＊37　**うちの師匠**……三代目桂春團治《はるだんじ》。昭和5年生まれの上方落語協会所属の重鎮。父親は二代目春團治という生粋の噺家。練り上げられた古典を上品で艶やかに演じる芸は、綺麗の一語。踊りの名手で仕草も流麗、高座で羽織を脱ぐ美しさも有名。上方落語四天王のひとり。

＊38　**師匠**……桂吉朝《きっちょう》。昭和29年生まれの噺家。入門当時から頭角を現し、師匠桂米朝ゆずりの大ネタや芝居噺、さらには滑稽噺にもその才能を見せた。勉強家としても有名で、次の上方落語を担う逸材と目されていたが、平成17年に惜しくも急逝。

＊39 **米朝**……しん吉の師匠・吉朝の師匠、つまり大師匠が三代目桂米朝。大正14年生まれ。現在唯一の人間国宝の落語家。その容姿も芸風も端正で上品、博学で新作から古典まで幅広い芸域を持つ。第二次大戦後に消滅しかけた上方落語を、前述の三代目桂春團治らと復興に努め、多くの人気噺家を育て上げた。故桂吉朝一門の弟子は、皆、米朝宅で住み込み修業をした。

＊40 **小佐田定雄**……昭和27年生まれの演芸評論家で、今や数少ない落語作家。その台本は上方だけでなく、東京の噺家にも演じられる。

＊41 **雀三郎**……桂雀三郎。昭和24年生まれの上方落語協会所属の噺家。古典から新作まで手掛け、「桂雀三郎withまんぷくブラザーズ」というユニットで音楽活動もしており、「ヨーデル食べ放題」などのヒット曲も持つ、歌う落語家。

＊42 **『哀愁列車』**……恋が破れて傷心旅行に出た男。降りしきる雪の中を走る普通列車の車内で次々変わったお客に出会って巻き起こる珍騒動。

＊43 **オハではなくナハです**……昭和初期に誕生し、戦前に活躍したオハ。戦後の高度経済成長初期に誕生して大活躍したナハ。どちらも旧型客車の代名詞。ディテールや時代設定にもこだわりを見せる作者のイメージが、鉄チャンにはグッと来る。ご本人から乗車経験のある車両をモデルにしていると聞き、「ナハ10系、スハ43系かも……」と思いが広がる。

＊44 **先代の染語楼**……三代目林家染語楼。大正7年生まれの上方落語協会所属の噺家。そのキャリアのほとんどを新作落語の自作自演に費やし、明るい口調と高座姿が人気だった。昭和50年没。

＊45 **『地下鉄』**……昭和30年頃の大阪市営地下鉄1号線（現・御堂筋線）の車内で、若い男女が出会い、恋に落ちるというストーリーの落語。

＊46 **遊方**……月亭遊方。昭和39年生まれの上方落語協会所属の噺家。日常の面白さを語る新作落語

と、大胆なアレンジをした古典落語を得意とする。

＊47　**文鹿**……桂文鹿。昭和44年生まれの上方落語協会所属の噺家。元プロボクサーという変わり種。落語以外にも、大阪伝統芸能・河内仁輪加《かわちにわか》の継承にも力を入れている。

＊48　**『くろしお2号』**……特急「くろしお」の車掌が、酔っ払いやパワフルなおばちゃんたちに捕まって、という爆笑落語。

＊49　**米二**……桂米二。昭和32年生まれの上方落語協会所属の噺家。上方の古典落語の正統派。狂言、義太夫など、他の古典芸能も自らも演じるほど造詣が深く、コラムを書くなど多彩な才能を持つ。

＊50　**塩鯛**……四代目桂塩鯛。昭和30年生まれの上方落語協会所属の噺家。67年ぶりに名跡を復活させた。明るい滑稽噺から人情噺まで広いレパートリーを持ち、的確な人物描写には定評がある。

＊51　**喬若**……笑福亭喬若。昭和49年生まれの上方落語協会所属の噺家。しん吉とは同期で、笛の腕前は、自身の会にコーナーを設けるほど。

＊52　**歌之助**……三代目桂歌之助。昭和46年生まれの上方落語協会所属の噺家。オープン間もない「天満天神繁昌亭」で、この定席初の襲名披露公演を行った。

＊53　**京阪は歴史的に言うと可哀想な電鉄**……戦時中、半強制的に阪神急行電鉄（阪急）と合併させられ、戦後、新生・京阪電気鉄道として独立するものの、虎の子の新京阪線（現在の阪急京都線）を阪急に持っていかれたことが最大の痛恨事。最近では、京阪京津線の三条～御陵間が京都市営地下鉄東西線開通に際して地下鉄化され（平成9年）、同区間を利用すると地下鉄の初乗り料金が上乗せされるので利用者が激減したことなどが挙げられる。

＊54　**文福**……桂文福。昭和28年生まれの上方落語協会所属の噺家。愛嬌のある体型と容貌の若手時代から関西のテレビの人気者。落語界唯一の河内音頭の音頭取りで、相撲にも造詣が深く、大相撲評

論家としても活躍中。

＊55　113系……昭和38年に誕生した旧国鉄の近郊型電車。ＪＲ化以降も改良を重ね、各地で使用されている。

＊56「サンライズ」……東京と山陰・四国エリアを結ぶ寝台特急で、「サンライズ瀬戸」（高松～東京）、「サンライズ出雲」（出雲市～東京）を岡山で分割・併結して運転。寝台料金なしで利用できる「ノビノビ座席」が5号車と12号車にある。

＊57「動楽亭」……タレントとしても人気者の二代目桂ざこば（昭和22年生まれの上方落語協会所属の噺家）が作り、平成20年にオープン。自ら席亭を務める寄席。

●協力

てつどうかん

1階は食堂車をイメージした内観、2階はＮゲージレイアウトが広がるカフェレストラン。どちらの階でも飲食が楽しめる。餃子やオムライスが人気メニューで、喫茶利用のみもできる。Ｎゲージ持ち込み走行可能。

ＪＲ寺田町駅南口徒歩5分。

12時～22時（日・祝～20時）、火（祝の場合は翌日）休。

大阪市天王寺区大道4-3-18　☎06・6773・1544

あとがき

高野ひろし（フリーライター）

ＪＲ山手線の西日暮里《にしにっぽり》駅西口から歩いて6分くらいのところに、諏方《すわ》神社があります。日暮里・谷中《やなか》界隈の総鎮守として、古式ゆかしい夏祭りが盛大に催されることでも有名です。高台にあるこの神社のすぐ近くには富士見坂という急坂もあり、高層ビル立ち並ぶ混雑した東京の空の隅っこに、時々少しだけ今も富士山が見えます。神社の境内の先は切り立った崖で、見下ろすとＪＲや京成の線路が無数に走っていて、鉄道ファンにも町歩きの人々にもよく知られたスポットです。

お天気さえ良ければこの高台には、いつも誰かしらが行き来する列車を眺めています。サラリーマンやカップル、学校帰りの子どもたち、日中は子連れのお母さんが多いかな？　そのほのぼのとした様子は山手線の車窓からもうかがえます。様々な色と速度の車両が右に左に走り去って行く風景は、時が経つのを忘れさせてくれます。幼い頃に親と眺めた風景を、いつか友達と、そしていつか恋人と、またいつか自分の子どもと見るかもしれない。そしてこれをきっかけに、泥沼の鉄チャンの道をノンストップで疾走するかもしれない……（合掌）。

本書でご紹介した東西4人の噺家さんは、筋金入りの〝鉄〟の落語家。古今亭駒次さんは〝街鉄〟、同い年の桂しん吉さんは〝乗り鉄〟、年長組の桂梅團治さんは〝撮り鉄〟、そして最年長、柳家小ゑんさんは〝機械鉄〟とでも言いましょうか？　もちろん皆さんが撮り、乗り、そして博学なんですが、その微妙な違いが、鉄道落語という自作自演の世界に生かされているんです。

『鉄道戦国絵巻』は、街を走る鉄道を愛する駒次さんの思いの結晶。子どもの頃から乗り倒して、眺めてきたから分かる路線ごとの雰囲気を、一気に擬人化まで昇華させた傑作です。西武や京急などの他路線も巻き込み、宿敵新幹線を討つという荒唐無稽さは、古典落語の滑稽噺にも通じるものがありそう。その初演時に、新幹線を公家口調にしたらというアドバイスをしたのが小ゑんさんだったというから、さすが新作派の連帯感ですねぇ。東急電車、とりわけ池上線に注ぐ温かな眼差しを見ると、鉄チャンならずも乗ってみたくなるから不思議です。

「チンチン電車の噺を作りたかった、それも運転士さんとお客さんの恋愛話を。時代設定も昭和42年頃、全盛期が過ぎて路線が減りつつある頃の1系統を舞台にしました」という『都電物語』は、打って変わってほのぼのドラマの味わいがある作品。専門用語や固有名詞を多用せず、鉄道の雰囲気を持った噺を作っていきたいという駒次さんの、ひとつの方向性を示す世界でしょう。

「若旦那がお使いに行く場所が、みんな『トワイライトエクスプレス』の停車駅になってるんです。新大阪を出て、気ィついたら札幌におったと。この列車がいかに遠くまで来てるかを感じてもらいたい。地べたを走ってそれだけ行くって、凄いじゃないですか！」と、『若旦那とわいらとエクスプレス』を語るしん吉さん。この噺はいつも、自分が旅に出ている気持ちで演じると言います。車両の形式からそのフォルムまで、打てば響く情報量は圧倒的で、気がつくと主人公と一緒に札幌まで行ってた！という、旅行気分の世界が全開です。マニアックだけど旅情を誘うしん吉ワールドは、ご自身のブログに満載する写真を見ても分かりますから。

大阪で生まれ育ち、幼い頃から街中の電車に乗り、列車とのツーショット写真も数しれぬしん吉さんの真骨頂は、『鉄道スナック』で爆発しています。例え話に路線を使い、駅尽くしで思いの丈を言う。こんなスナック、怖いけど行ってみたいですもんね。でも自宅の車庫に線路を敷き、車止めまで敷設してしまったしん吉さんご自身の方が、よっぽどパワフルかも！

そのしん吉さんが一目も二目も置くのが、プロ顔負けの写真を撮りまくる梅團治さん。代表作『切符』は、対談にもお名前が出てくる落語作家の小佐田定雄先生に頂いたヒントを元に作ったとか。噺の中で「ここでページが変わりますのや」というフレーズは、稽古中、時刻表で確認していたおカミさんの「ちょっと待って、ページが変わるから……」の一言だったというから、楽しいじゃないですか。何でも笑いに取り入れようという姿勢が発掘したお宝です。

『鉄道親子』は「完全にうちら親子の物語ですわ。ただ違うのは、実際はお父さんのがずっと古くから撮り鉄だったいうことだけ」と笑う梅團治さんの実体験。息子さんの受験の頃の日々が笑いのフィルターを通って結実したものです。落語会も日常生活も、列車の運行スケジュールに合わせているような日々。ちょっとやそっとじゃ会えないような鉄道関係のお偉いさんとの面談を、その日は撮影だからと蹴ってしまう強者です。

電気工作、天文、カメラ、オーディオと、小ゑんさんの趣味は全てマニアの領域まできていて、〝模型鉄〟とも呼ばれる鉄道模型マニアの世界にも、かなり足を突っ込んでいます。どれも半端なところじゃ満足しない、やるならとことん極める、その結実が『鉄の男』です。「マニアックにやってる人って、はたから見ると面白いんですよ」という思いを、専門用語をちりばめて見事お客さんに伝えられるのは、若い頃から先頭に立って新作落語を作り続けてきた小ゑんさんならでは。「作った噺がどのくらいウケるか、どこがウケるか、だいたい分かるんです」とは、新作落語のパイオニアにして百戦錬磨の人なればこそ言えること。

新作落語のアイデアは留まることを知りません。トラベルミステリーの大御所、西村京太郎ばりの世界となると、『恨みの碓氷峠』は二重のパロディーが味わえます。その頃たまたま人魚の入れ墨をしたニューハーフの殺人事件があり、それもヒントに一気に書き上げたそうです。さらに寄席をアリバイに利用するマニアックぶりは、小ゑん落語の神髄と言えるでしょう。

落語には400年の歴史があると言われています。ホントかなぁ？ って思いますけど、何せ洒落っ気が命の落語のことですからお許しください。今、普通に演じられる古典落語と呼ばれる噺は、江戸末期から明治時代くらいに誕生したものが主流のようです。でも考えてみたら、どの噺も生まれた時は新作なんですよね。各時代に生まれては消えていった無数の作品の中で、観客や時代や演者に選ばれ、そして磨かれて、落語として現代に残ってきたのです。ですから、新作落語は時代の申し子と言えるのかも知れません。

東西の気概溢れる噺家さんの尽力によって、新作落語はこれまでにない広がりと支持を得ています。新作落語の人気者もたくさん生まれていますが、あの人の作品という言い方が主流でした。現代の鉄道を舞台にしていても、ジャンルでくくろうとはしてこなかったんです。しかしそんな時代は、本書をもって終了させたいと思います。

古今亭駒次、柳家小ゑん、桂しん吉、桂梅團治……この〝鉄〟な東西4人衆が、「鉄道落語」という世界を切り開いたのです。これからも持ち前の知識とセンスとマニアックなエネルギーで、私たちの気づかなかった、鉄道と落語の素敵な化学反応を見せ、両者のファンを引き寄せてくれるでしょう。とにかくまずは実際の高座に出会ってみてください。仕事とは思えないほど楽しそうに演じる鉄な噺は、どんなに門外漢な人にもきっと伝わります。そして鉄道落語に参戦する噺家さんも、きっとたくさん出てくるに違いありません。こんなに私たちの生活に身近な鉄道を、世情に敏感な噺家さんが目をつけないわけがないんですから！

そうそう、冒頭に話した諏方神社からそう遠くないところに、昭和の名人・古今亭志ん生師匠の住まいがありました。若き日の志ん生さんは、この神社の境内で稽古をしたこともあったそうです。落語と鉄道の縁が、こんなところにも……。

さぁて発車メロディーが聞こえてきました。何処へ行くかって？　それは本書に登場した４人の噺家さんに聞いてください。出発進行！

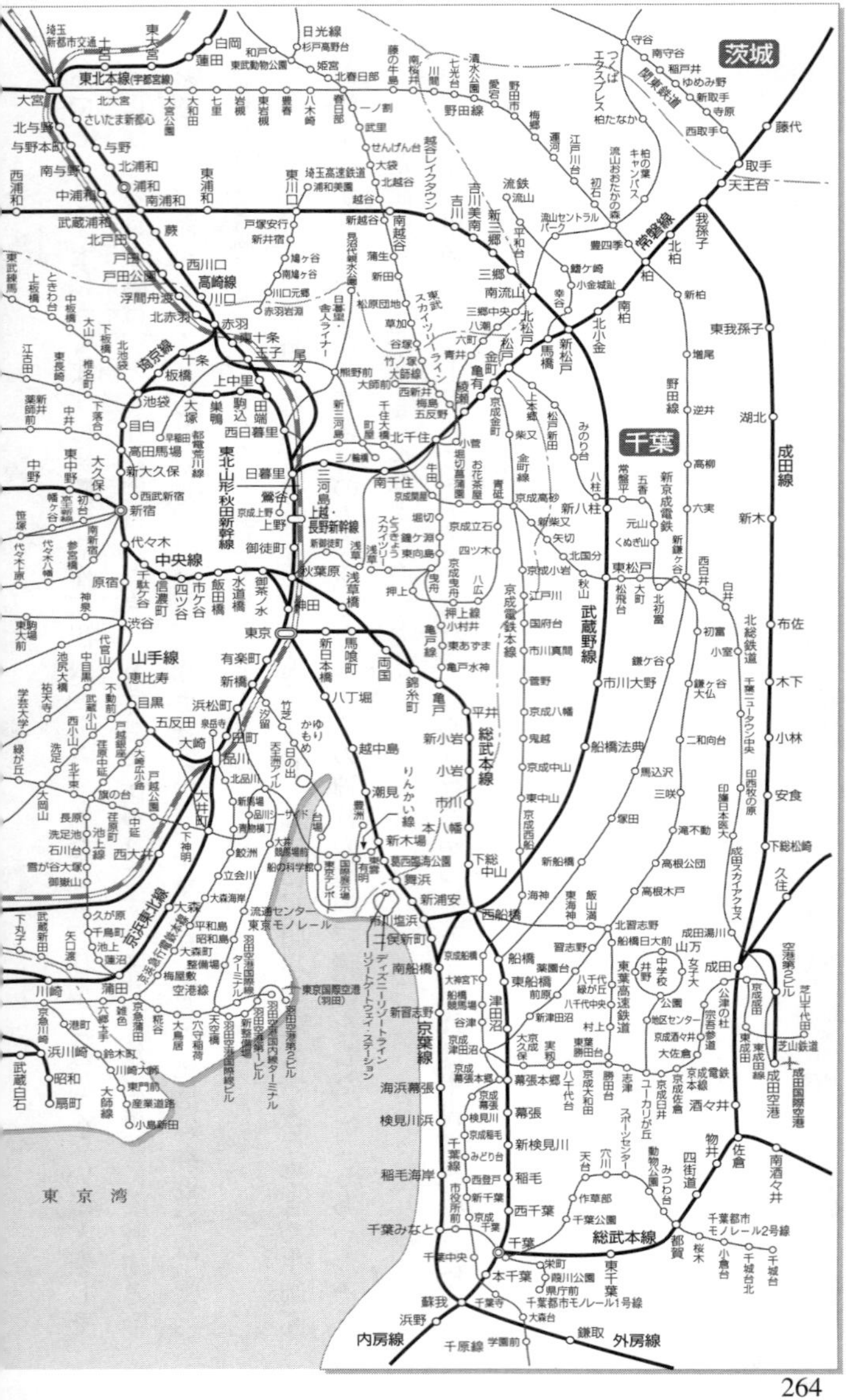
茨城
千葉
東京湾
東北本線(宇都宮線)
高崎線
埼京線
京浜東北線
山手線
中央線
総武線
総武本線
常磐線
武蔵野線
京葉線
成田線
日光線
野田線
内房線
外房線
東北・山形・秋田新幹線
上越・長野新幹線
りんかい線
空港線
京成本線
京成電鉄
北総鉄道
東葉高速鉄道
芝山鉄道
関東鉄道
つくばエクスプレス
埼玉高速鉄道
新京成電鉄
東京モノレール
千葉都市モノレール1号線
千葉都市モノレール2号線
ディズニーリゾートライン
押上線
亀戸線
大宮
東大宮
蓮田
白岡
さいたま新都心
与野
北浦和
浦和
南浦和
蕨
西川口
川口
赤羽
東十条
王子
上中里
田端
西日暮里
日暮里
鶯谷
上野
御徒町
秋葉原
神田
東京
有楽町
新橋
浜松町
田町
品川
大井町
大森
蒲田
川崎
池袋
目白
高田馬場
新大久保
新宿
代々木
原宿
渋谷
恵比寿
目黒
五反田
大崎
大塚
巣鴨
駒込
板橋
十条
北赤羽
浮間舟渡
戸田公園
戸田
北戸田
武蔵浦和
中浦和
南与野
与野本町
北与野
西浦和
東浦和
東川口
南越谷
越谷
新越谷
吉川
吉川美南
新三郷
三郷
南流山
北松戸
松戸
新松戸
北小金
南柏
柏
北柏
我孫子
天王台
取手
藤代
東我孫子
湖北
新木
布佐
木下
小林
安食
下総松崎
成田
久住
滑河
佐倉
物井
四街道
都賀
千葉
東千葉
西千葉
稲毛
新検見川
幕張
幕張本郷
津田沼
東船橋
船橋
西船橋
下総中山
本八幡
市川
小岩
新小岩
平井
亀戸
錦糸町
両国
馬喰町
新日本橋
八丁堀
越中島
潮見
新木場
葛西臨海公園
舞浜
新浦安
市川塩浜
二俣新町
南船橋
新習志野
海浜幕張
検見川浜
稲毛海岸
千葉みなと
蘇我
浜野
本千葉
鎌取
市川大野
船橋法典
東松戸
新八柱
南越谷
吉川
北千住
綾瀬
亀有
金町
南千住
三河島
成田空港
空港第2ビル
東京国際空港(羽田)
羽田空港第2ビル
天空橋
大鳥居
穴守稲荷
糀谷
京急蒲田
雑色
六郷土手
京急川崎
八丁畷
浜川崎
武蔵白石
昭和
扇町
鶴見
大師線
港町
鈴木町
川崎大師
東門前
産業道路
小島新田
流山
平和台
流山セントラルパーク
流山おおたかの森
柏の葉キャンパス
柏たなか
守谷
南守谷
稲戸井
ゆめみ野
新取手
寺原
西取手
春日部
北春日部
姫宮
杉戸高野台
和戸
東武動物公園
藤の牛島
南桜井
川間
七光台
清水公園
愛宕
野田市
梅郷
運河
江戸川台
初石
豊四季
増尾
逆井
高柳
六実
新鎌ケ谷
西白井
白井
小室
千葉ニュータウン中央
印西牧の原
印旛日本医大
成田湯川
成田スカイアクセス
京成成田
東成田
成田空港
芝山千代田
宗吾参道
公津の杜
京成酒々井
大佐倉
京成佐倉
京成臼井
ユーカリが丘
志津
勝田台
東葉勝田台
八千代台
京成大和田
八千代中央
村上
八千代緑が丘
北習志野
船橋日大前
習志野
飯山満
東海神
海神
新船橋
塚田
馬込沢
鎌ケ谷
初富
北初富
新京成
五香
元山
くぬぎ山
常盤平
八柱
みのり台
松戸新田
上本郷
北国分
秋山
矢切
新柴又
京成高砂
柴又
京成金町
青砥
お花茶屋
堀切菖蒲園
牛田
京成関屋
千住大橋
町屋
新三河島
京成上野
日暮里
東武スカイツリーライン
西新井
竹ノ塚
草加
松原団地
新田
蒲生
鷲宮
幕張本郷
千葉中央
京成千葉
千葉公園
作草部
天台
穴川
スポーツセンター
動物公園
みつわ台
千城台北
千城台
小倉台
桜木
栄町
葭川公園
県庁前
千葉寺
大森台
学園前
千原線
舞浜
リゾートゲートウェイ・ステーション
東京テレポート
国際展示場
台場
青海
船の科学館
有明
豊洲
東雲
品川シーサイド
大井競馬場前
流通センター
昭和島
整備場
天空橋
新整備場
羽田空港国際線ターミナル
羽田空港国内線ターミナル
大井町
下神明
戸越公園
中延
荏原町
旗の台
長原
洗足池
石川台
雪が谷大塚
御嶽山
久が原
千鳥町
池上
蓮沼
矢口渡
武蔵新田
下丸子

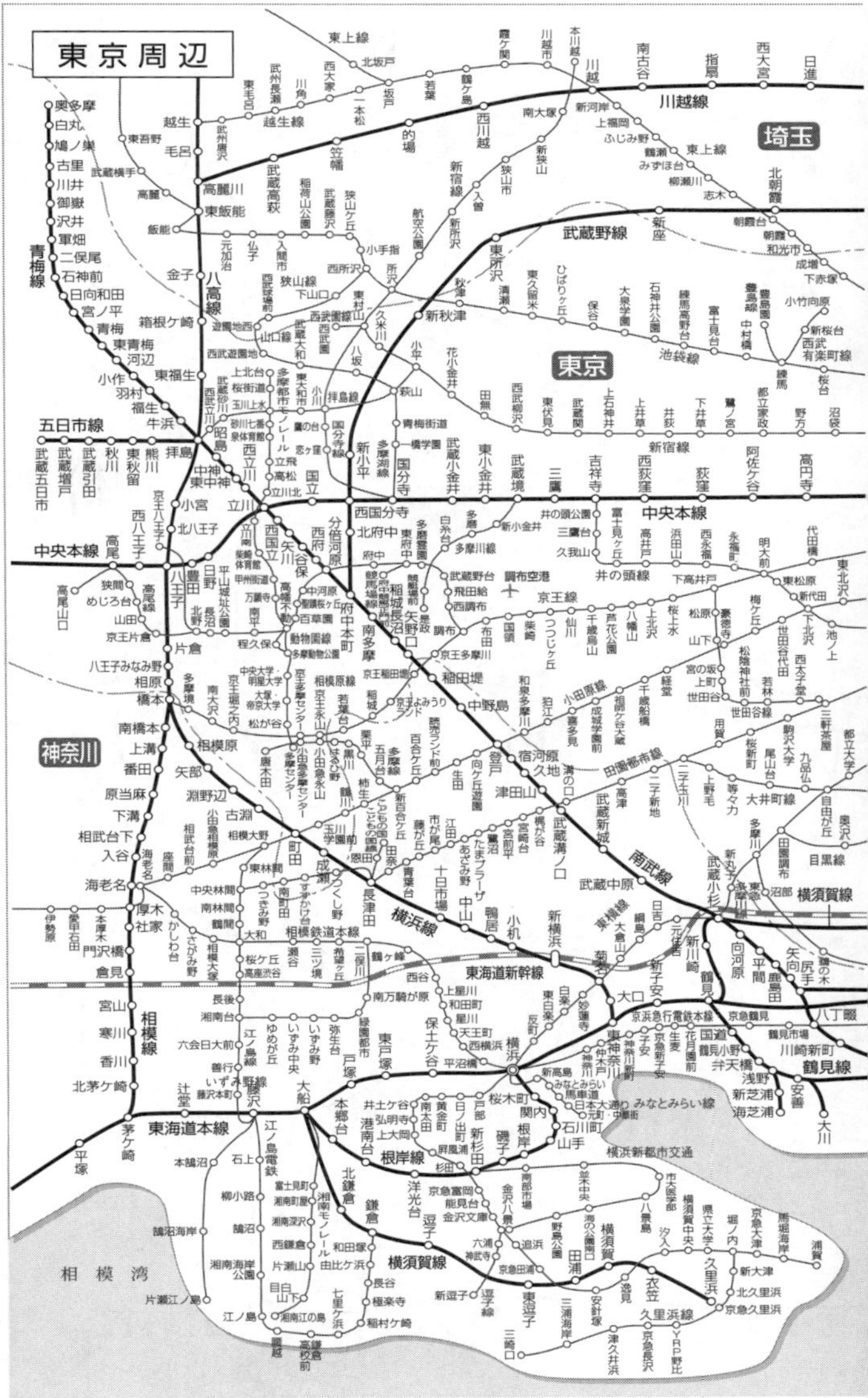
東京周辺
埼玉
東京
神奈川
相模湾
川越線
東上線
越生線
八高線
青梅線
五日市線
西武新宿線
武蔵野線
狭山線
山口線
西武園線
多摩湖線
拝島線
国分寺線
池袋線
豊島線
西武有楽町線
中央本線
井の頭線
京王線
多摩モノレール
動物園線
相模原線
小田急線
小田原線
田園都市線
大井町線
世田谷線
南武線
横浜線
東横線
目黒線
横須賀線
東海道新幹線
相模鉄道本線
いずみ野線
江ノ島線
東海道本線
根岸線
江ノ島電鉄
湘南モノレール
京浜急行電鉄本線
鶴見線
みなとみらい線
横浜新都市交通
逗子線
久里浜線
相模線
川越
南古谷
指扇
西大宮
日進
本川越
川越市
霞ケ関
鶴ケ島
若葉
坂戸
北坂戸
一本松
西大家
川角
武州長瀬
東毛呂
越生
毛呂
高麗川
東飯能
飯能
高麗
武蔵横手
東吾野
奥多摩
白丸
鳩ノ巣
古里
川井
御嶽
沢井
軍畑
二俣尾
石神前
日向和田
宮ノ平
青梅
東青梅
河辺
小作
羽村
福生
牛浜
拝島
昭島
中神
東中神
西立川
立川
武蔵五日市
武蔵増戸
武蔵引田
秋川
東秋留
熊川
金子
箱根ケ崎
東福生
西川越
的場
笠幡
武蔵高萩
新河岸
上福岡
ふじみ野
鶴瀬
みずほ台
柳瀬川
志木
朝霞台
朝霞
和光市
成増
下赤塚
北朝霞
新座
東所沢
新秋津
清瀬
東久留米
ひばりヶ丘
保谷
大泉学園
石神井公園
練馬高野台
富士見台
中村橋
練馬
桜台
豊島園
小竹向原
新桜台
所沢
西所沢
小手指
狭山ケ丘
武蔵藤沢
稲荷山公園
入間市
仏子
元加治
航空公園
新所沢
入曽
狭山市
新狭山
南大塚
西武球場前
下山口
西武遊園地
遊園地西
東村山
久米川
八坂
武蔵大和
西武園
小平
萩山
花小金井
小川
東大和市
桜街道
上北台
玉川上水
砂川七番
泉体育館
立飛
高松
立川北
恋ヶ窪
鷹の台
青梅街道
一橋学園
新小平
国立
国分寺
西国分寺
北府中
府中本町
武蔵小金井
東小金井
武蔵境
三鷹
吉祥寺
西荻窪
荻窪
阿佐ケ谷
高円寺
田無
西武柳沢
東伏見
武蔵関
上石神井
上井草
井荻
下井草
鷺ノ宮
都立家政
野方
沼袋
新小金井
多磨
白糸台
多磨霊園
東府中
府中
分倍河原
西府
谷保
矢川
西国立
立川南
柴崎体育館
甲州街道
万願寺
高幡不動
程久保
多摩動物公園
中河原
聖蹟桜ケ丘
百草園
南多摩
稲城長沼
矢野口
是政
競艇場前
多磨川線
武蔵野台
飛田給
西調布
調布空港
調布
布田
国領
柴崎
つつじヶ丘
仙川
千歳烏山
芦花公園
八幡山
上北沢
桜上水
下高井戸
松原
豪徳寺
山下
宮の坂
上町
世田谷
松陰神社前
若林
西太子堂
三軒茶屋
世田谷代田
下北沢
池ノ上
梅ケ丘
東松原
新代田
明大前
永福町
西永福
浜田山
高井戸
富士見ケ丘
久我山
三鷹台
井の頭公園
代田橋
東北沢
八王子
北八王子
小宮
京王八王子
西八王子
高尾
高尾山口
狭間
めじろ台
山田
京王片倉
片倉
八王子みなみ野
相原
橋本
南橋本
上溝
番田
原当麻
下溝
相武台下
入谷
海老名
厚木
社家
門沢橋
倉見
宮山
寒川
香川
北茅ケ崎
茅ケ崎
平塚
豊田
日野
平山城址公園
北野
長沼
南平
京王堀之内
南大沢
多摩境
大塚・帝京大学
中央大学・明星大学
松が谷
多摩センター
京王多摩センター
京王永山
小田急永山
小田急多摩センター
唐木田
はるひ野
黒川
栗平
若葉台
稲城
京王よみうりランド
京王稲田堤
稲田堤
中野島
京王多摩川
読売ランド前
百合ケ丘
新百合ケ丘
五月台
柿生
鶴川
玉川学園前
町田
相模大野
小田急相模原
相武台前
座間
古淵
淵野辺
矢部
相模原
成瀬
長津田
十日市場
中山
鴨居
小机
新横浜
菊名
大口
東神奈川
横浜
登戸
向ヶ丘遊園
生田
宿河原
久地
津田山
溝の口
武蔵溝ノ口
武蔵新城
武蔵中原
武蔵小杉
向河原
平間
鹿島田
矢向
尻手
川崎
八丁畷
新川崎
鶴見
東急多摩川
沼部
新丸子
元住吉
日吉
綱島
大倉山
白楽
東白楽
反町
妙蓮寺
新子安
子安
生麦
花月園前
京急新子安
神奈川新町
仲木戸
国道
鶴見小野
弁天橋
浅野
安善
大川
新芝浦
海芝浦
鶴見市場
川崎新町
京急鶴見
二子玉川
二子新地
高津
梶が谷
宮崎台
宮前平
鷺沼
たまプラーザ
あざみ野
江田
市が尾
藤が丘
青葉台
田奈
長津田
恩田
こどもの国
つくし野
すずかけ台
南町田
つきみ野
中央林間
南林間
鶴間
大和
桜ケ丘
高座渋谷
東林間
相模大塚
さがみ野
かしわ台
瀬谷
三ツ境
希望ケ丘
二俣川
鶴ケ峰
西谷
上星川
和田町
星川
天王町
西横浜
平沼橋
南万騎が原
緑園都市
弥生台
いずみ野
いずみ中央
ゆめが丘
下飯田
湘南台
六会日大前
善行
藤沢本町
藤沢
辻堂
長後
保土ケ谷
東戸塚
戸塚
大船
本郷台
港南台
洋光台
新杉田
磯子
根岸
山手
石川町
関内
桜木町
新高島
みなとみらい
馬車道
日本大通り
元町・中華街
戸部
日ノ出町
黄金町
南太田
井土ケ谷
弘明寺
上大岡
屏風浦
杉田
京急富岡
能見台
金沢文庫
金沢八景
追浜
田浦
横須賀
衣笠
久里浜
逗子
東逗子
新逗子
六浦
神武寺
京急田浦
安針塚
逸見
汐入
横須賀中央
県立大学
堀ノ内
新大津
北久里浜
京急久里浜
YRP野比
京急長沢
津久井浜
三浦海岸
三崎口
馬堀海岸
浦賀
京急大津
八景島
並木中央
市大医学部
南部市場
野島公園
海の公園南口
北鎌倉
鎌倉
和田塚
由比ケ浜
長谷
極楽寺
稲村ケ崎
七里ケ浜
鎌倉高校前
腰越
江ノ島
湘南江の島
目白山下
片瀬山
湘南深沢
西鎌倉
湘南町屋
富士見町
石上
柳小路
鵠沼
鵠沼海岸
本鵠沼
片瀬江ノ島
湘南海岸公園

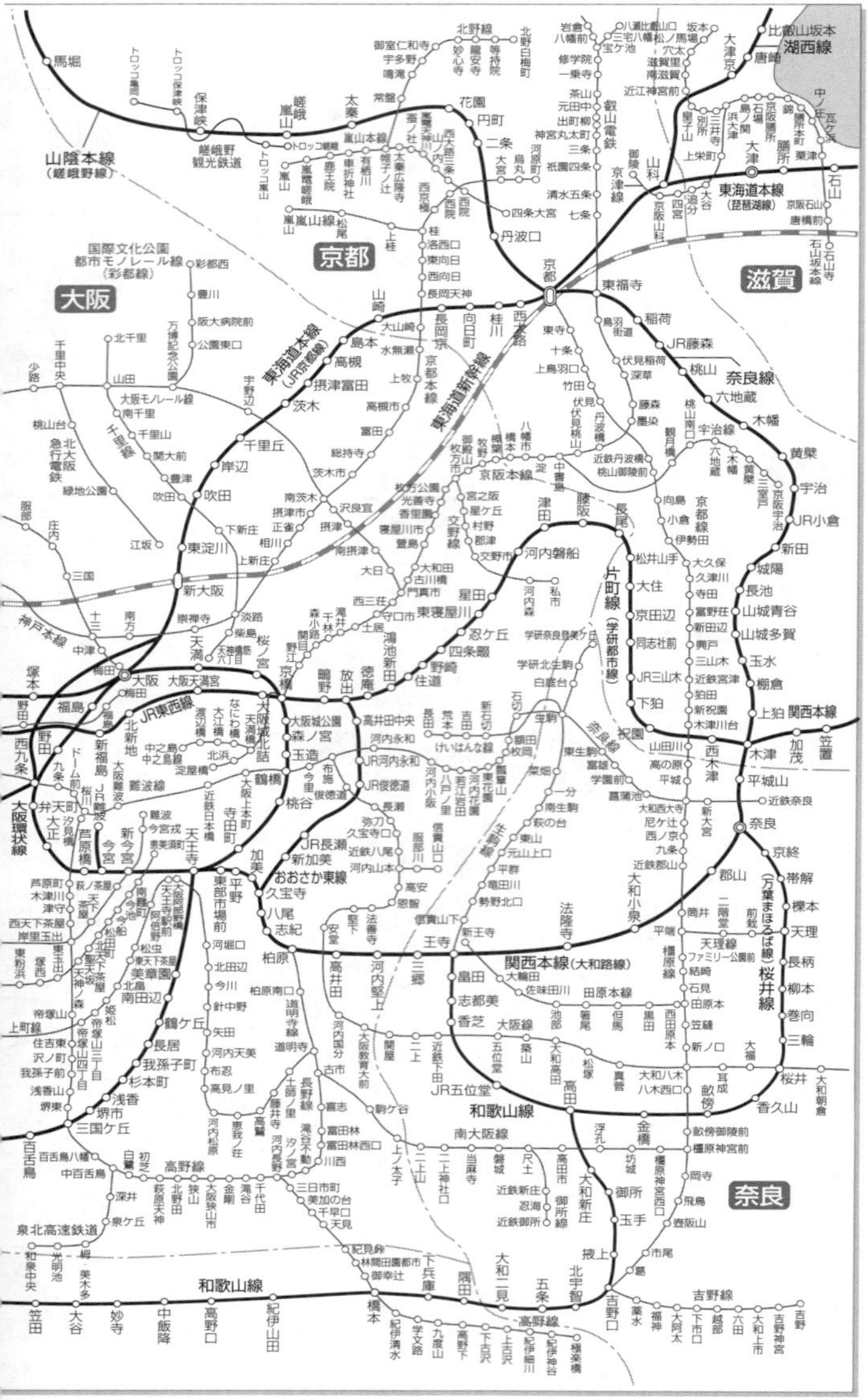
京都
大阪
滋賀
奈良
山陰本線
(嵯峨野線)
嵯峨野観光鉄道
馬堀
保津峡
嵯峨嵐山
太秦
花園
円町
二条
丹波口
京都
北野線
北野白梅町
等持院
龍安寺
妙心寺
御室仁和寺
宇多野
鳴滝
常盤
嵐山本線
嵐山線
嵐山
松尾
上桂
桂
洛西口
東向日
西向日
長岡天神
叡山電鉄
出町柳
元田中
茶山
一乗寺
修学院
宝ケ池
八幡前
岩倉
神宮丸太町
三条
祇園四条
清水五条
七条
四条大宮
大宮
烏丸
河原町
西院
湖西線
比叡山坂本
唐崎
大津京
山科
大津
膳所
石山
東海道本線
(琵琶湖線)
京阪山科
京津線
京阪膳所
石山坂本線
唐橋前
京阪石山
石山寺
東福寺
稲荷
JR藤森
桃山
奈良線
六地蔵
木幡
黄檗
宇治
JR小倉
新田
城陽
長池
山城青谷
山城多賀
玉水
棚倉
上狛
木津
平城山
奈良
京終
帯解
櫟本
天理
長柄
柳本
巻向
三輪
桜井
香久山
(万葉まほろば線)
桜井線
関西本線
加茂
笠置
宇治線
京阪本線
中書島
丹波橋
伏見桃山
東海道新幹線
東海道本線
(JR京都線)
西大路
桂川
向日町
長岡京
山崎
島本
高槻
摂津富田
茨木
千里丘
岸辺
吹田
東淀川
新大阪
京都本線
大山崎
水無瀬
上牧
高槻市
富田
総持寺
茨木市
南茨木
摂津市
正雀
相川
上新庄
淡路
崇禅寺
柴島
天神橋筋六丁目
天満
桜ノ宮
京橋
大阪城公園
森ノ宮
玉造
鶴橋
桃谷
寺田町
天王寺
大阪天満宮
大阪
梅田
北新地
新福島
JR東西線
大阪城北詰
JR難波
今宮
新今宮
弁天町
大正
芦原橋
西九条
野田
福島
大阪環状線
国際文化公園都市モノレール線
(彩都線)
彩都西
豊川
阪大病院前
公園東口
万博記念公園
山田
北千里
千里中央
少路
大阪モノレール線
南千里
千里山
関大前
豊津
吹田
千里線
北大阪急行電鉄
緑地公園
江坂
桃山台
服部
庄内
三国
十三
南方
神戸本線
中津
塚本
片町線
(学研都市線)
松井山手
大住
京田辺
同志社前
JR三山木
下狛
祝園
京阪本線
枚方市
枚方公園
光善寺
香里園
寝屋川市
萱島
大和田
古川橋
門真市
西三荘
守口市
土居
滝井
千林
森小路
関目
野江
交野線
宮之阪
星ケ丘
村野
郡津
交野市
河内磐船
津田
藤阪
長尾
星田
東寝屋川
忍ケ丘
四条畷
野崎
住道
鴻池新田
徳庵
放出
鴫野
高井田中央
JR河内永和
JR俊徳道
JR長瀬
新加美
久宝寺
おおさか東線
八尾
志紀
柏原
京都線
近鉄宮津
向島
小倉
伊勢田
大久保
久津川
寺田
富野荘
新田辺
興戸
三山木
狛田
新祝園
木津川台
山田川
高の原
平城
大和西大寺
近鉄奈良
新大宮
尼ケ辻
西ノ京
九条
近鉄郡山
奈良線
生駒
東生駒
富雄
学園前
菖蒲池
生駒線
けいはんな線
長田
荒本
吉田
新石切
石切
瓢箪山
枚岡
額田
東花園
河内花園
若江岩田
八戸ノ里
河内小阪
布施
今里
俊徳道
長瀬
弥刀
久宝寺口
近鉄八尾
河内山本
信貴山口
服部川
高安
恩智
法善寺
堅下
安堂
菜畑
一分
南生駒
萩の台
東山
元山上口
平群
竜田川
勢野北口
王寺
新王寺
信貴山下
三郷
河内堅上
高井田
関西本線(大和路線)
郡山
大和小泉
法隆寺
大輪田
佐味田川
田原本線
池部
箸尾
但馬
黒田
西田原本
田原本
筒井
平端
二階堂
前栽
天理線
ファミリー公園前
結崎
石見
笠縫
新ノ口
大和八木
八木西口
畝傍
耳成
大福
大和朝倉
橿原線
畝傍御陵前
橿原神宮前
岡寺
飛鳥
壺阪山
市尾
葛
吉野口
薬水
福神
大阿太
下市口
越部
六田
大和上市
吉野神宮
吉野
吉野線
大阪線
五位堂
築山
大和高田
松塚
真菅
近鉄下田
二上
関屋
大阪教育大前
河内国分
JR五位堂
和歌山線
高田
南大阪線
浮孔
坊城
金橋
橿原神宮西口
高田市
尺土
磐城
当麻寺
二上神社口
二上山
上ノ太子
御所線
近鉄新庄
忍海
近鉄御所
大和新庄
御所
玉手
掖上
北宇智
五条
大和二見
隅田
下兵庫
橋本
高野線
紀伊清水
学文路
九度山
高野下
下古沢
上古沢
紀伊細川
紀伊神谷
極楽橋
紀見峠
林間田園都市
御幸辻
美加の台
千早口
天見
三日市町
河内長野
千代田
滝谷
金剛
大阪狭山市
狭山
北野田
萩原天神
初芝
白鷺
中百舌鳥
百舌鳥八幡
百舌鳥
三国ケ丘
堺市
浅香
杉本町
我孫子町
長居
鶴ケ丘
南田辺
美章園
泉北高速鉄道
深井
泉ケ丘
和泉中央
光明池
栂・美木多
笠田
大谷
妙寺
中飯降
高野口
紀伊山田
東部市場前
平野
加美
河堀口
北田辺
今川
針中野
矢田
河内天美
布忍
高見ノ里
河内松原
恵我ノ荘
高鷲
藤井寺
土師ノ里
道明寺
古市
喜志
富田林
富田林西口
川西
滝谷不動
汐ノ宮
長野線
道明寺線
柏原南口
上町線
阪堺線
住吉東
沢ノ町
我孫子前
浅香山
堺東
帝塚山
天下茶屋
岸里玉出
西天下茶屋
津守
木津川
芦原町
萩ノ茶屋
今池
今船
松田町
北天下茶屋
聖天坂
天神ノ森
東玉出
塚西
東粉浜
松虫
阿倍野
天王寺駅前
大阪阿部野橋
北畠
姫松
帝塚山三丁目
帝塚山四丁目
東天下茶屋
南霞町
恵美須町
今宮戎
難波
汐見橋
木津川
芦原町
ドーム前
九条
桜川
大阪難波
近鉄日本橋
大阪上本町
難波線
なにわ橋
天満橋
北浜
淀屋橋
大江橋
渡辺橋
中之島
大阪港

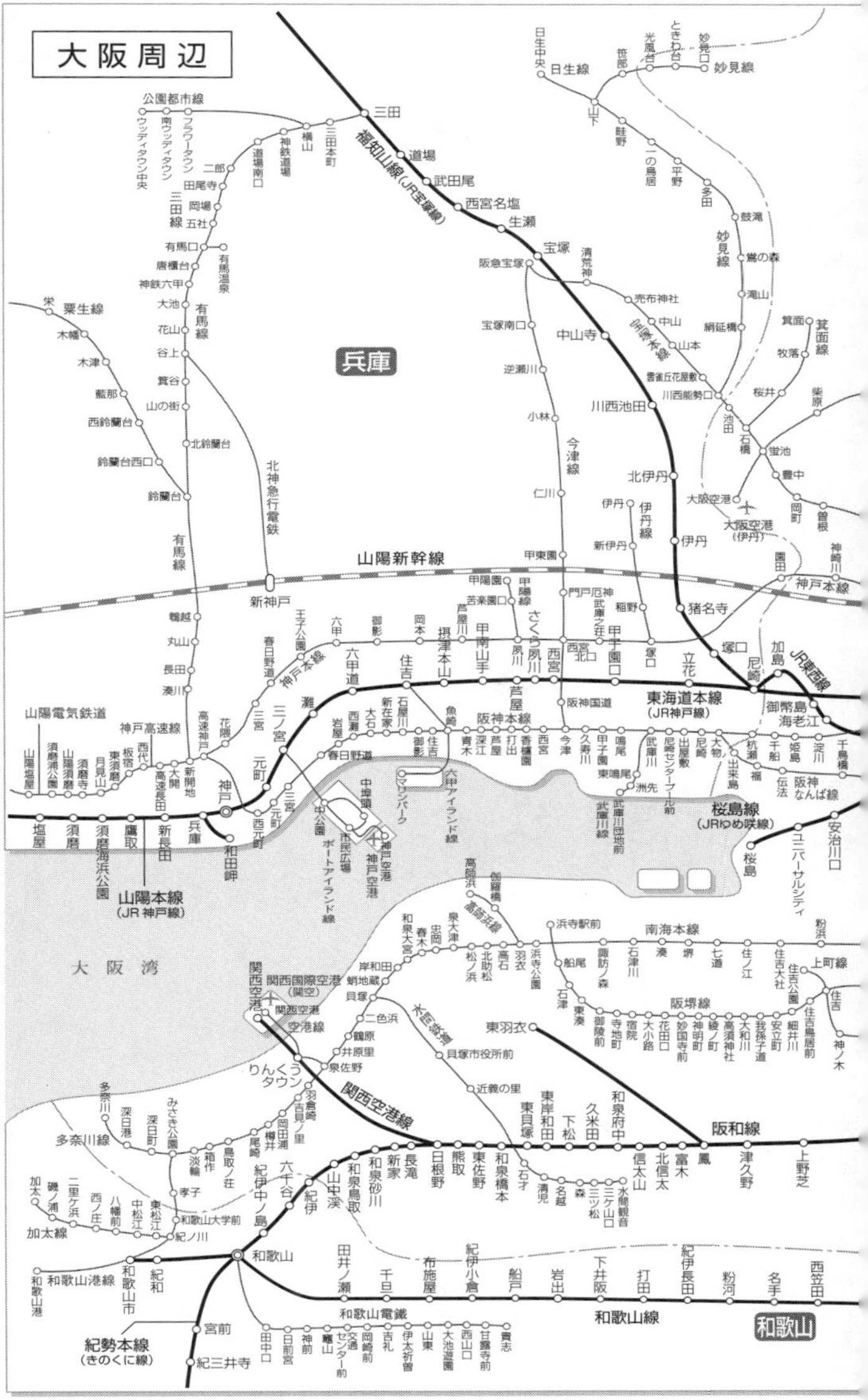
大阪周辺
兵庫
大阪湾
和歌山
山陽新幹線
新神戸
福知山線（JR宝塚線）
三田
道場
武田尾
西宮名塩
生瀬
宝塚
中山寺
川西池田
北伊丹
伊丹
猪名寺
塚口
尼崎
東海道本線
（JR神戸線）
山陽本線
（JR神戸線）
JR東西線
加島
御幣島
海老江
桜島線
（JRゆめ咲線）
安治川口
ユニバーサルシティ
桜島
阪和線
関西空港線
りんくうタウン
紀勢本線
（きのくに線）
和歌山線
和歌山電鐵
和歌山港線
加太線
多奈川線
南海本線
阪堺線
水間鉄道
空港線
関西国際空港
（関空）
関西空港
大阪空港
（伊丹）
神戸空港
三田線
有馬線
公園都市線
神戸高速線
山陽電気鉄道
粟生線
北神急行電鉄
神戸本線
今津線
伊丹線
甲陽線
宝塚本線
日生線
妙見線
箕面線
阪神本線
阪神なんば線
武庫川線
六甲アイランド線
ポートアイランド線
上町線
神戸本線
塩屋
須磨
須磨海浜公園
鷹取
新長田
兵庫
和田岬
神戸
元町
三ノ宮
灘
六甲道
住吉
摂津本山
甲南山手
芦屋
さくら夙川
西宮
甲子園口
立花
東羽衣
鳳
津久野
上野芝
日根野
熊取
東佐野
和泉橋本
長滝
新家
和泉砂川
和泉鳥取
山中渓
紀伊
六十谷
紀伊中ノ島
和歌山
紀和
和歌山市
宮前
紀三井寺
田井ノ瀬
千旦
布施屋
紀伊小倉
船戸
岩出
下井阪
打田
紀伊長田
粉河
名手
西笠田
信太山
北信太
富木
東貝塚
東岸和田
下松
久米田
和泉府中
日生中央
妙見口
鼓滝
鴬の森
滝山
絹延橋
川西能勢口
池田
石橋
蛍池
豊中
岡町
曽根
箕面
牧落
桜井
柴原
園田
神崎川
浜寺駅前
船尾
石津
東湊
粉浜
住吉
神ノ木
泉佐野
井原里
鶴原
二色浜
貝塚
蛸地蔵
岸和田
近義の里
貝塚市役所前
羽倉崎
吉見ノ里
岡田浦
樽井
尾崎
鳥取ノ荘
箱作
淡輪
みさき公園
深日町
深日港
多奈川
孝子
和歌山大学前
紀ノ川
東松江
中松江
八幡前
西ノ庄
二里ケ浜
磯ノ浦
加太
和歌山港
田中口
日前宮
神前
竈山
交通センター前
岡崎前
吉礼
伊太祈曽
山東
大池遊園
西山口
甘露寺前
貴志
清児
名越
森
三ケ山口
三ツ松
水間観音
石才

構成――――――――――――――――

高野ひろし（たかのひろし）

フリーライター＆路上ペンギン写真家。昭和33年（1958）、東京生まれ。『散歩の達人』『WiLL』『本の雑誌』やタウン誌等に街歩きルポやフォトエッセイを雑誌に執筆中。都内唯一の都電が走る街に生まれ育ち、現在も住み続ける。幼い頃から山手線を下駄代わりにしてきた、変則的乗り鉄。

交通新聞社新書052

鉄道落語

東西の噺家4人によるニューウェーブ宣言

（定価はカバーに表示してあります）

2013年2月15日　第1刷発行

著　者——古今亭駒次　柳家小ゑん　桂しん吉　桂梅團治

発行者——江頭　誠

発行所——株式会社　交通新聞社
http://www.kotsu.co.jp/
〒102-0083　東京都千代田区麹町6-6
電話　東京（03）5216-3915（編集部）
東京（03）5216-3217（販売部）

印刷・製本—大日本印刷株式会社

ISBN978-4-330-35213-8